A …

Le but de la coll… 60 *centimes* le volume, est de me… bonnes éditions des meilleurs écriv… contemporains.

Sous un format commode et pouvant en même temps tenir une belle place dans toute bibliothèque, il paraît chaque quinzaine un volume.

CHAQUE OUVRAGE EST COMPLET EN UN VOLUME

POUR LES N° 1 A 422, DEMANDER LE CATALOGUE SPÉCIAL

423. TOLSTOI (L.), Sébastopol en Mai et Août 1855.
424. H. DE BALZAC, Histoire des Treize.
425. A. BARBUSSE, L'Ange du Foyer.
426. H. DE BALZAC, Ursule Mirouët.
427. PAUL PERRET, Petite Grisel.
428. H. DE BALZAC, Une ténébreuse Affaire.
429. ARMAND SILVESTRE, Le célèbre Cadet-Bitard.
430. H. DE BALZAC, Un Début dans la vie.
431. RENÉE ALLARD, Le Roman d'une Provinciale.
432. H. DE BALZAC, Les Rivalités.
433. ARSÈNE HOUSSAYE, Mlle de La Vallière et Mme de Montespan.
434. H. DE BALZAC, La Maison du Chat-qui-pelote.
435. THÉO-CRITT, Le Bataillon des Hommes à poil.
436. H. DE BALZAC, Une Double Famille.
437. L. LEMERCIER DE NEUVILLE, Les Pupazzi inédits.
438. H. DE BALZAC, La Vendetta.
439. Lettres galantes d'une femme de quali…
440. H. DE BALZAC, Gobseck.
441. PIERRE PERRAULT, L'Amour d'Hervé.
442. H. DE BALZAC, Le Colonel Chabert.
443. FERNAND-LAFARGUE, La Fausse Piste.
444. H. DE BALZAC, Une Fille d'Ève.
445. LOUIS JACOLLIOT, Fakirs et Bayadères.
446. H. DE BALZAC, La Maison Nucingen.

En jolie reliure spéciale à la collection, 1 fr. le volume.

ENVOI FRANCO CONTRE MANDAT OU TIMBRES-POSTE

Imprimerie LAHURE, rue de Fleurus, 9, à Paris.

PRIX : **60** *centimes.*

H. DE BALZAC

AISON NUCINGEN

LES SECRETS DE LA PRINCESSE DE CADIGNAN

PARIS

EST FLAMMARION, ÉDITEUR, 26, rue Racine

LA MAISON NUCINGEN

ÉMILE COLIN, IMPRIMERIE DE LAGNY (S.-&-M.)

H. DE BALZAC

La Maison Nucingen

PARIS
ERNEST FLAMMARION, ÉDITEUR
26, RUE RACINE, PRÈS L'ODÉON

LA MAISON NUCINGEN

À MADAME ZULMA CARAUD

N'est-ce pas à vous, madame, dont la haute et probe intelligence est comme un trésor pour vos amis, à vous qui êtes à la fois pour moi tout un public et la plus indulgente des sœurs, que je dois dédier cette œuvre ? Daignez l'accepter comme témoignage d'une amitié dont je suis fier. Vous et quelques âmes, belles comme la vôtre, comprendront ma pensée en lisant la Maison Nucingen accolée à César Birotteau. Dans ce contraste n'y a-t-il pas tout un enseignement social ?

DE BALZAC.

Vous savez combien sont minces les cloisons qui séparent les cabinets particuliers dans les plus élégants cabarets de Paris. Chez Véry, par exemple, le plus grand salon est coupé en deux par une cloison qui s'ôte et se remet à volonté. La scène n'était pas là, mais dans un bon endroit qu'il ne me convient pas de nommer. Nous étions deux, je dirai donc, comme le Prud'homme de Henri Monnier : « Je ne voudrais pas la compromettre. » Nous caressions les friandises d'un dîner exquis à plusieurs titres, dans un petit salon où nous parlions à voix basse, après avoir reconnu le peu d'épaisseur de la cloison. Nous avions atteint au moment du rôti sans avoir eu de voisins dans la pièce contiguë à la nôtre, où nous n'entendions que les pétillements du feu. Huit heures sonnèrent, il se fit un grand bruit de pieds, il y eut des paroles échangées, les garçons apportèrent des bougies. Il nous fut démontré que le salon voisin était occupé. En reconnaissant les voix, je sus à quels personnages nous avions affaire. C'était quatre des plus hardis cormorans éclos dans l'écume qui couronne les flots incessamment renouvelés de la génération présente ; aimables garçons dont l'existence est problématique, à qui l'on ne connaît ni rentes ni domaines, et qui vivent bien. Ces spirituels *condottieri* de l'Industrie moderne, devenue la plus cruelle des guerres, laissent les inquiétudes à leurs créanciers, gardent les plaisirs pour eux, et n'ont de souci que de leur costume. D'ailleurs braves à fumer, comme Jean-Bart, leur cigare sur une tonne de poudre, peut-être pour ne pas faillir à leur rôle ; plus moqueurs que les petits journaux, moqueurs à se moquer d'eux-mêmes ; perspicaces et incrédules, fureteurs d'affaires, avides et prodigues, envieux d'autrui, mais contents d'eux-mêmes ; profonds politiques par saillies, analysant tout, devinant tout, ils n'avaient pas encore pu se faire jour dans le monde où ils voudraient se produire. Un seul des quatre est parvenu, mais seulement au pied de l'échelle. Ce n'est rien que d'avoir de l'argent, et un parvenu ne sait tout ce qui lui manque alors qu'après six mois de flatteries. Peu parleur, froid, gourmé, sans esprit, ce parvenu, nommé Andoche Finot, a eu le cœur de se mettre à plat ventre devant ceux qui pouvaient le servir, et la finesse d'être insolent avec ceux dont il n'avait plus besoin. Semblable à l'un des grotesques du ballet de Gustave, il est marquis par derrière et vilain par devant. Ce prélat industriel entretient un caudataire, Émile Blondet, rédacteur de journaux, homme de beaucoup d'esprit, mais décousu, brillant, capable, paresseux, se sachant exploité, se laissant faire, perfide, comme il est bon, par caprices ; un de ces hommes que l'on aime et que l'on n'estime pas. Fin comme une soubrette de comédie, incapable de refuser sa plume à qui la lui demande, et son cœur à qui le lui emprunte, Émile est le plus séduisant de ces hommes-filles de qui le plus fantasque de nos gens d'esprit a dit : « Je les aime mieux en souliers de satin qu'en bottes. » Le troisième, nommé Couture, se maintient par la Spéculation. Il ente affaire sur affaire, le succès de l'une couvre l'insuccès de l'autre. Aussi vit-il à fleur d'eau soutenu par la force nerveuse de son jeu, par une coupe roide et audacieuse. Il nage de-ci, de-là, cherchant dans l'immense mer des intérêts parisiens un îlot assez contestable pour pouvoir s'y loger. Évidemment, il n'est pas à sa place. Quant au dernier, le plus malicieux des quatre, son nom suffira : Bixiou ! Hélas ! ce n'est plus le Bixiou de 1825, mais celui de 1836, le misanthrope bouffon à qui l'on connaît le plus de verve et de mordant, un diable enragé d'avoir dépensé tant d'esprit en pure perte, furieux de ne pas avoir ramassé son épave dans la dernière révolution, donnant son coup de pied à chacun en vrai Pierrot des Funambules, sachant son époque et les aventures scandaleuses sur le bout de son doigt, les ornant de ses inventions drôlatiques, sautant sur toutes les épaules comme un clown, et tâchant d'y laisser une marque à la façon du bourreau.

Après avoir satisfait aux premières exigences de la gourmandise, nos voisins arrivèrent où nous en étions de notre dîner, au dessert; et, grâce à notre coite tenue, ils se crurent seuls. A la fumée des cigares, à l'aide du vin de Champagne, à travers les amusements gastronomiques du dessert, il s'entama donc une intime conversation. Empreinte de cet esprit glacial qui roidit les sentiments les plus élastiques, arrête les inspirations les plus généreuses, et donne au rire quelque chose d'aigu, cette causerie, pleine de l'âcre ironie qui change la gaîté en ricanerie, accusa l'épuisement d'âmes livrées à elles-mêmes, sans autre but que la satisfaction de l'égoïsme, fruit de la paix où nous vivons. Ce pamphlet contre l'homme que Diderot n'osa pas publier, le *Neveu de Rameau;* ce livre, débraillé tout exprès pour montrer des plaies, est seul comparable à ce pamphlet dit sans aucune arrière-pensée, où le mot ne respecta même point ce que le penseur discute encore, où l'on ne construisit qu'avec des ruines, où l'on nia tout, où l'on n'admira que ce que le scepticisme adopte : l'omnipotence, l'omniscience, l'omniconvenance de l'argent. Après avoir tiraillé dans le cercle des personnes de connaissance, la Médisance se mit à fusiller les amis intimes. Un signe suffit pour expliquer le désir que j'avais de rester et d'écouter au moment où Bixiou prit la parole, comme on va le voir. Nous entendîmes alors une de ces terribles improvisations qui valent à cet artiste sa réputation auprès de quelques esprits blasés ; et, quoique souvent interrompue, prise et reprise, elle fut sténographiée par ma mémoire. Opinions et forme, tout y est en dehors des conditions littéraires. Mais c'est ce que cela fut : un pot-pourri de choses sinistres qui peint notre temps, auquel l'on ne devrait raconter que de semblables histoires, et j'en laisse d'ailleurs la responsabilité au narrateur principal. La pantomime, les gestes, en rapport avec les fréquents changements de voix par lesquels Bixiou peignait les interlocuteurs mis en scène, devaient être parfaits, car ses trois auditeurs laissaient échapper des exclamations approbatives et des interjections de contentement.

— Et Rastignac t'a refusé ? dit Blondet à Finot.

— Net.

— Mais l'as-tu menacé des journaux? demanda Bixiou.

— Il s'est mis à rire, répondit Finot.

— Rastignac est l'héritier direct de feu de Marsay, il fera son chemin en politique comme dans le monde, dit Blondet.

— Mais comment a-t-il fait sa fortune, demanda Couture. Il était en 1819 avec l'illustre Bianchon, dans une misérable pension du quartier latin ; sa famille mangeait des hannetons rôtis et buvait le vin du cru, pour pouvoir lui envoyer cent francs par mois ; le domaine de son père ne valait pas mille écus ; il avait deux sœurs et un frère sur les bras, et maintenant...

— Maintenant, il a quarante mille livres de rentes, reprit Finot ; chacune de ses sœurs a été richement dotée, noblement mariée, et il a laissé l'usufruit du domaine à sa mère...

— En 1827, dit Blondet, je l'ai encore vu sans le sou.

— Oh ! en 1827, dit Bixiou.

— Eh! bien, reprit Finot, aujourd'hui nous le voyons en passe de devenir ministre, pair de France et tout ce qu'il voudra être! Il a depuis trois ans fini convenablement avec Delphine, il ne se mariera qu'à bonnes enseignes, et il peut épouser une fille noble, lui! Le gars a eu le bon esprit de s'attacher à une femme riche.

— Mes amis, tenez-lui compte des circonstances atténuantes, dit Blondet, il est tombé dans les pattes d'un homme habile en sortant des griffes de la misère.

— Tu connais bien Nucingen, dit Bixiou, dans les premiers temps, Delphine et Rastignac le trouvaient *bon;* une femme semblait être, pour lui, dans sa maison, un joujou, un ornement. Et voilà ce qui, pour moi, rend cet homme carré de base comme de hauteur : Nucingen ne se cache pas pour dire que sa femme est la représentation de sa fortune, *une chose* indispensable, mais secondaire dans la vie à haute pression des hommes politiques et des grands financiers. Il a dit, devant moi, que Bonaparte avait été bête comme un bourgeois dans ses premières relations avec Joséphine, et qu'après avoir eu le courage de la prendre comme un marchepied, il avait été ridicule en voulant faire d'elle une compagne.

— Tout homme supérieur doit avoir, sur les femmes, les opinions de l'Orient, dit Blondet.

— Le baron a fondu les doctrines orientales et occidentales en une charmante doctrine parisienne. Il avait en horreur de Marsay qui n'était pas maniable, mais Rastignac lui a plu beaucoup et il l'a exploité sans que Rastignac s'en doutât : il lui a laissé toutes les charges de son ménage. Rastignac a endossé tous les caprices de Delphine, il la menait au bois, il l'accompagnait au spectacle. Ce grand petit homme politique d'aujourd'hui a longtemps passé sa vie à lire et à écrire de jolis billets. Dans les commencements, Eugène était grondé pour des riens, il s'égayait avec Delphine quand elle était gaie, s'attristait quand elle était triste, il supportait le poids de ses migraines, de ses confidences, il lui donnait tout son temps, ses heures, sa précieuse jeunesse pour combler le vide de l'oisiveté de cette Parisienne. Delphine et lui tenaient de grands conseils sur les parures qui allaient le mieux, il essuyait le feu des colères et la bordée des boutades : tandis que, par compensation, elle se faisait charmante pour le baron. Le baron riait à part lui ; puis, quand il voyait Rastignac pliant sous le poids de ses charges, il avait l'*air de soupçonner quelque chose*, et reliait les deux amants par une peur commune.

— Je conçois qu'une femme riche ait fait vivre et vivre honorablement Rastignac ; mais où a-t-il pris sa fortune? demanda Couture. Une fortune, aussi considérable que la sienne aujourd'hui, se prend quelque part, et personne ne l'a jamais accusé d'avoir inventé une bonne affaire?

— Il a hérité, dit Finot.

— De qui ? dit Blondet.

— Des sots qu'il a rencontrés, reprit Couture.

— Il n'a pas tout pris, mes petits amours, dit Bixiou :

> ... Remettez-vous d'une alarme aussi chaude ;
> Nous vivons dans un temps très ami de la fraude.

Je vais vous raconter l'origine de sa fortune. D'abord, hommage au talent ! Notre ami n'est pas un gars, comme dit Finot, mais un gentleman qui sait le jeu, qui connaît les cartes et que la galerie respecte. Rastignac a tout l'esprit qu'il faut avoir dans un moment donné, comme un militaire qui ne place son courage qu'à quatre-vingt-dix jours, trois signatures et des garanties. Il paraîtra cassant, brise-raison, sans suite dans les idées, sans constance dans ses projets, sans opinion fixe ; mais s'il se présente une affaire sérieuse, une combinaison à suivre, il ne s'éparpillera pas, comme Blondet que voilà ! et qui discute alors pour le compte du voisin, Rastignac se concentre, se ramasse, étudie le point où il faut charger, et il charge à fond de train. Avec la valeur de Murat, il enfonce les carrés, les actionnaires, les fondateurs et toute la boutique ; quand la charge a fait son trou, il rentre dans sa vie molle et insouciante, il redevient l'homme du midi, le voluptueux, le diseur de riens, l'inoccupé Rastignac, qui peut se lever à midi parce qu'il ne s'est pas couché au moment de la crise.

— Voilà qui va bien, mais arrive donc à sa fortune, dit Finot.

— Bixiou ne nous fera qu'une charge, reprit Blondet. La fortune de Rastignac, c'est Delphine de Nucingen, femme remarquable, et qui joint l'audace à la prévision.

— T'a-t-elle prêté de l'argent ? demanda Bixiou. Un rire général éclata.

— Vous vous trompez sur elle, dit Couture à

Blondet, son esprit consiste à dire des mots plus ou moins piquants; à aimer Rastignac avec une fidélité gênante, à lui obéir aveuglément, une femme tout à fait italienne.

— Argent à part, dit aigrement Andoche Finot.

— Allons, allons, reprit Bixiou d'une voix pateline, après ce que nous venons de dire, osez-vous encore reprocher à ce pauvre Rastignac d'avoir vécu aux dépens de la maison Nucingen, d'avoir été mis dans ses meubles ni plus ni moins que la Torpille jadis par notre ami des Lupeaulx? vous tomberiez dans la vulgarité de la rue Saint-Denis. D'abord, abstraitement parlant, comme dit Royer-Collard, la question peut soutenir *la critique de la raison pure*, quant à celle de la raison impure...

— Le voilà lancé! dit Finot à Blondet.

— Mais, s'écria Blondet, il a raison. La question est très ancienne, elle fut le grand mot du fameux duel à mort entre la Châteigneraie et Jarnac. Jarnac était accusé d'être en bons termes avec sa belle-mère, qui fournissait au faste du trop aimé gendre. Quand un fait est si vrai, il ne doit pas être dit. Par dévouement pour le roi Henri II, qui s'était permis cette médisance, la

Châteigneraie la prit sur son compte; de là ce duel qui a enrichi la langue française de l'expression : *coup de Jarnac.*

— Ah ! l'expression vient de si loin, elle est donc noble, dit Finot.

— Tu pouvais ignorer cela en ta qualité d'ancien propriétaire de journaux et revues, dit Blondet.

— Il est des femmes, reprit gravement Bixiou, il est aussi des hommes qui peuvent scinder leur existence, et n'en donner qu'une partie (remarquez que je vous phrase mon opinion d'après la formule humanitaire). Pour ces personnes, tout intérêt matériel est en dehors des sentiments; elles donnent leur vie, leur temps, leur honneur à une femme, et trouvent qu'il n'est pas comme il faut de gaspiller entre soi du papier de soie où l'on grave : *La loi punit de mort le contrefacteur*. Par réciprocité, ces gens n'acceptent rien d'une femme. Oui, tout devient déshonorant s'il y a fusion des intérêts comme il y a fusion des âmes. Cette doctrine se professe, elle s'applique rarement...

— Hé! dit Blondet, quelles vétilles! Le maréchal de Richelieu, qui se connaissait en galanterio, fit une pension de mille louis à Mme de La Popelinière, après l'aventure de la plaque de cheminée. Agnès Sorel apporta tout naïvement au roi Charles VII sa fortune, et le roi la prit. Jacques Cœur a entretenu la couronne de France, qui s'est laissé faire, et fut ingrate comme une femme.

— Messieurs, dit Bixiou, l'amour qui ne comporte pas une indissoluble amitié me semble un libertinage momentané. Qu'est-ce qu'un entier abandon où l'on se réserve quelque chose? Entre ces deux doctrines, aussi opposées et aussi profondément immorales l'une que l'autre, il n'y a pas de conciliation possible. Selon moi, les gens qui craignent une liaison complète ont sans doute la croyance qu'elle peut finir, et adieu l'illusion! La passion qui ne se croit pas éternelle est hideuse. (Ceci est du Fénelon tout pur.) Aussi, ceux à qui le monde est connu, les observateurs, les gens comme il faut, les hommes bien gantés et bien cravatés, qui ne rougissent pas d'épouser une femme pour sa fortune, proclament-ils comme indispensable une complète scission des intérêts et des sentiments. Les autres sont des fous qui aiment, qui se croient seuls dans le monde avec leur maîtresse! Pour eux, les millions sont de la boue ; le gant, le camélia porté par l'idole vaut des millions! Si vous ne retrouvez jamais chez eux le vil métal dissipé, vous trouvez des débris de fleurs cachés dans de jolies boîtes de cèdre! Ils ne se distinguent plus l'un de l'autre. Pour eux, il n'y a plus de *moi*. Toi, voilà leur verbe incarné. Que voulez-vous? Empêcherez-vous cette maladie secrète du cœur? Il y a des niais qui aiment sans aucune espèce de calcul, et il y a des sages qui calculent en aimant.

— Bixiou me semble sublime, s'écria Blondet. Qu'en dit Finot?

— Partout ailleurs, répondit Finot en se posant dans sa cravate, je dirais comme les gentlemen ; mais ici je pense...

— Comme les infâmes mauvais sujets avec lesquels tu as l'honneur d'être, reprit Bixiou.

— Ma foi, oui, dit Finot.

— Et toi? dit Bixiou à Couture.

— Niaiseries, s'écria Couture. Une femme qui ne fait pas de son corps un marchepied, pour faire arriver au but l'homme qu'elle distingue, est une femme qui n'a de cœur que pour elle.

— Et toi, Blondet?

— Moi, je pratique.

— Eh bien! reprit Bixiou de sa voix la plus mordante, Rastignac n'était pas de votre avis. Prendre et ne pas rendre est horrible et même un peu léger ; mais prendre pour avoir le droit d'imiter le seigneur, en rendant le centuple, est un acte chevaleresque. Ainsi pensait Rastignac. Rastignac était profondément humilié de sa communauté d'intérêts avec Delphine de Nucingen, je puis parler de ses regrets, je l'ai vu les larmes aux yeux déplorant sa position. Oui, il en pleurait véritablement !... après souper. Eh bien! selon vous...

— Ah ! ça, tu te moques de nous, dit Finot.

— Pas le moins du monde. Il s'agit de Rastignac, dont la douleur serait selon vous une preuve de sa corruption, car alors il aimait beaucoup moins Delphine ! Mais que voulez-vous ? le pauvre garçon avait cette épine au cœur. C'est un gentilhomme profondément dépravé, voyez-vous, et nous sommes de vertueux artistes. Donc, Rastignac voulait enrichir Delphine, lui pauvre, elle riche ! Le croirez-vous ?... il y est parvenu. Rastignac, qui se serait battu comme Jarnac, passa dès lors à l'opinion de Henri II, en vertu de son grand mot : Il n'y a pas de vertu absolue, mais des circonstances. Ceci tient à l'histoire de sa fortune.

— Tu devrais bien nous entamer ton conte au lieu de nous induire à nous calomnier nous-mêmes, dit Blondet avec une gracieuse bonhomie.

— Ha! ha! mon petit, lui dit Bixiou en lui donnant le baptême d'une petite tape sur l'occiput, tu te rattrapes au vin de Champagne.

— Hé, par le saint nom de l'Actionnaire, dit Couture, raconte-nous ton histoire?

— J'y étais d'un cran, repartit Bixiou; mais avec ton juron, tu te mets au dénoûment.

— Il y a donc des actionnaires dans l'histoire, demanda Finot.

— Richissimes comme les tiens, répondit Bixiou.

— Il me semble, dit Finot d'un ton gourmé, que tu dois des égards à un bon enfant chez qui tu trouves dans l'occasion un billet de cinq cents...

— Garçon! cria Bixiou.

— Que veux-tu au garçon? lui dit Blondet.

— Faire rendre à Finot cinq cents francs, afin de dégager ma langue et déchirer ma reconnaissance.

— Dis ton histoire, reprit Finot en feignant de rire.

— Vous êtes témoins, dit Bixiou, que je n'appartiens pas à cet impertinent qui croit que mon silence ne vaut que cinq cents francs! tu ne seras jamais ministre, si tu ne sais pas jauger les consciences. Eh! bien, oui, dit-il d'une voix câline, mon bon Finot, je dirai l'histoire sans personnalités, et nous serons quittes.

— Il va nous démontrer, dit en souriant Blondet, que Nucingen a fait la fortune de Rastignac.

— Tu n'en es pas si loin que tu le penses, reprit Bixiou. Vous ne connaissez pas ce qu'est Nucingen, financièrement parlant.

— Tu ne sais seulement pas, dit Blondet, un mot de ses débuts?

— Je ne l'ai connu que chez lui, dit Bixiou, mais nous pourrions nous être vus autrefois sur la grand'route.

— La prospérité de la maison Nucingen est un des phénomènes les plus extraordinaires de notre époque, reprit Blondet. En 1804, Nucingen était peu connu. Les banquiers d'alors auraient tremblé de savoir sur la place cent mille écus de ses acceptations. Ce grand financier sent alors son infériorité. Comment se faire connaitre? Il suspend ses paiements. Bon! Son nom, restreint à Strasbourg et au quartier Poissonnière, retentit sur toutes les places! il désintéresse son monde avec des valeurs mortes, et reprend ses paiements : aussitôt son papier se fait dans toute la France. Par une circonstance inouïe, les valeurs revivent, reprennent faveur, donnent des bénéfices. Le Nucingen est très recherché. L'année 1815 arrive, mon gars réunit ses capitaux, achète des fonds avant la bataille de Waterloo, suspend ses paiements au moment de la crise, liquide avec des actions dans les mines de Wortschin qu'il s'était procurées à vingt pour cent au-dessous de la valeur à laquelle il les émettait lui-même! oui, messieurs! Il prend à Grandet cent cinquante mille bouteilles de vin de Champagne pour se couvrir en prévoyant la faillite de ce vertueux père du comte d'Aubrion actuel, et autant à Duberghe en vins de Bordeaux. Ces trois cent mille bouteilles *acceptées*, acceptées, mon cher, à trente sous, il les a fait boire aux Alliés, à six francs, au Palais-Royal, de 1817 à 1819. Le papier de la maison Nucingen et son nom deviennent européens. Cet illustre baron s'est élevé sur l'abîme où d'autres auraient sombré. Deux fois, sa liquidation a produit d'immenses avantages à ses créanciers : il a voulu les rouer, impossible ! Il passe pour le plus honnête homme du monde. A la troisième suspension, le papier de la maison Nucingen se fera en Asie, au Mexique, en Australasie, chez les Sauvages. Ouvrard est le seul qui ait deviné cet Alsacien, fils de quelque juif converti par ambition : « Quand Nucingen lâche son or, disait-il, croyez qu'il saisit des diamants ! »

— Son compère du Tillet le vaut bien, dit Finot. Songez donc que du Tillet est un homme qui, en fait de naissance, n'en a que ce qui nous est indispensable pour exister, et que ce gars, qui n'avait pas un liard en 1814, est devenu ce que vous le voyez; mais ce qu'aucun de nous (je ne parle pas de toi, Couture) n'a su faire, il a eu des amis au lieu d'avoir des ennemis. Enfin, il a si bien caché ses antécédents, qu'il a fallu fouiller des égouts pour le trouver commis chez un parfumeur de la rue Saint-Honoré, pas plus tard qu'en 1814.

— Ta ! ta ! ta! reprit Bixiou, ne comparez jamais à Nucingen un petit *carotteur* comme du Tillet, un chacal qui réussit par son odorat, qui de vine les cadavres et arrive le premier pour avoir le meilleur os. Voyez d'ailleurs ces deux hommes : l'un a la mine aiguë des chats, il est maigre, élancé; l'autre est cubique, il est gras, il est lourd comme un sac, immobile comme un diplomate. Nucingen a la main épaisse et un regard de loup-cervier qui ne s'anime jamais; sa profondeur n'est pas en avant, mais en arrière : il est impénétrable, on ne le voit jamais venir, tandis que la finesse de du Tillet ressemble, comme le disait Napoléon de je ne sais qui, à du coton filé trop fin, il casse.

— Je ne vois à Nucingen d'autre avantage sur du Tillet que d'avoir le bon sens de deviner qu'un financier ne doit être que baron, tandis que du Tillet veut se faire nommer comte en Italie, dit Blondet.

— Blondet?... un mot, mon enfant, reprit Couture. D'abord Nucingen a osé dire qu'il n'y a que des apparences d'honnête homme; puis, pour le bien connaître, il faut être dans les affaires. Chez lui, la banque est un très-petit département : il y a les fournitures du gouvernement, les vins, les laines, les indigos, enfin tout ce qui donne matière à un gain quelconque. Son génie embrasse tout. Cet éléphant de la Finance vendrait des Députés au Ministère, et les Grecs aux Turcs. Pour lui le commerce est, dirait Cousin, la totalité des variétés, l'unité des spécialités. La Banque envisagée ainsi devient toute une politique, elle exige une tête puissante, et porte alors un homme bien trempé à se mettre au-dessus des lois de la probité dans lesquelles il se trouve à l'étroit.

— Tu as raison, mon fils, dit Blondet. Mais nous seuls, nous comprenons que c'est alors la guerre portée dans le monde de l'argent. Le banquier est un conquérant qui sacrifie des masses pour arriver à des résultats cachés, ses soldats sont les intérêts des particuliers. Il a ses stratagèmes à combiner, ses embuscades à tendre, ses partisans à lancer, ses villes à prendre. La plupart de ces hommes sont si contigus à la Politique, qu'ils finissent par s'en mêler, et leurs fortunes y succombent. La maison Necker s'y est perdue, le fameux Samuel Bernard s'y est presque ruiné. Dans chaque siècle, il se trouve un banquier de fortune colossale qui ne laisse ni fortune ni successeur. Les frères Pâris, qui contribuèrent à abattre Law, et Law lui-même, auprès de qui tous ceux qui inventent des Sociétés par actions sont des pygmées, Bourel, Baujon, tous ont disparu sans se faire représenter par une famille. Comme le Temps, la Banque dévore ses enfants. Pour pouvoir subsister, le banquier doit devenir noble, fonder une dynastie comme les prêteurs de Charles-Quint, les Fugger, créés princes de Babenhausen, et qui existent encore... dans l'almanach de Gotha. La Banque cherche la noblesse par instinct de conservation, et sans le savoir peut-être. Jacques Cœur a fait une grande maison noble, celle de Noirmoutier, éteinte sous Louis XIII. Quelle énergie chez cet homme, ruiné pour avoir fait un roi légitime ! Il est mort prince d'une île de l'Archipel où il a bâti une magnifique cathédrale.

— Ah ! si vous faites des cours d'histoire, nous sortons du temps actuel où le trône est destitué du droit de conférer la noblesse, où l'on fait des barons et des comtes à huis-clos, quelle pitié ! dit Finot.

— Tu regrettes la savonnette à vilain, dit Bixiou, tu as raison. Je reviens à nos moutons. Connaissez-vous Beaudenord ? Non, non, non. Bien. Voyez comme tout passe ! Le pauvre garçon était la fleur du dandysme il y a dix ans. Mais il a été si bien absorbé, que vous ne le connaissez pas plus que Finot ne connaissait tout à l'heure l'origine du coup de Jarnac (c'est pour la phrase et non pour te taquiner que je dis cela, Finot !) A la vérité, il appartenait au faubourg Saint-Germain. Eh bien! Beaudenord est le premier pigeon que je vais vous mettre en scène. D'abord, il se nommait Godefroid de Beaudenord. Ni Finot, ni Blondet, ni Couture, ni moi, nous ne méconnaîtrons un pareil avantage. Le gars ne souffrait point dans son amour-propre en entendant appeler ses gens au sortir d'un bal, quand trente jolies femmes encapuchonnées et flanquées de leurs maris et de leurs adorateurs attendaient leurs voitures. Puis il jouissait de tous les membres que Dieu a donnés à l'homme : sain et entier, ni taie sur un œil, ni faux toupet, ni faux mollets; ses jambes ne rentraient point en dedans, ne sortaient point en dehors ; genoux sans engorgement, épine dorsale droite, taille mince, main blanche et jolie, cheveux noirs; teint ni rose comme celui d'un garçon épicier, ni trop brun comme celui d'un Calabrais. Enfin, chose essentielle! Beaudenord n'est pas trop joli homme, comme le sont ceux de nos amis qui ont l'air de faire état de leur beauté, de ne pas avoir autre chose; mais ne revenons pas là-dessus, nous l'avons dit, c'est infâme! Il tirait bien le pistolet, montait fort agréablement à cheval; il s'était battu pour une vétille, et n'avait pas tué son adversaire. Savez-vous que pour faire connaître de quoi se compose un bonheur entier, pur, sans mélange, au dix-neuvième siècle, à Paris, et un bonheur de jeune homme de vingt-six ans, il faut entrer dans les infiniment petites choses de la vie? Le bottier avait attrapé le pied de Beaudenord et le chaussait bien, son tailleur aimait à l'habiller. Godefroid ne grasseyait pas, ne gasconnait pas, ne normandisait pas, il parlait purement et correctement, et mettait fort bien sa cravate, comme Finot. Cousin par alliance du marquis d'Aiglemont, son tuteur (il était orphelin de père et de mère, autre bonheur!), il pouvait aller et allait chez les banquiers, sans que le faubourg Saint-Germain lui reprochât de les hanter, car heureusement un jeune homme a le droit de faire du plaisir son unique loi, de courir où l'on s'amuse, et de fuir les recoins sombres où fleurit le chagrin. Enfin il avait été vacciné (tu me comprends, Blondet). Malgré toutes ces vertus, il aurait pu se trouver très-malheureux. Hé! hé! le bonheur a le malheur de paraître signifier quelque chose d'absolu ; apparence qui induit tant de niais à demander : « Qu'est-ce que le bonheur? » Une femme de beaucoup d'esprit disait : « Le bonheur est où on le met. »

— Elle proclamait une triste vérité, dit Blondet.

— Et morale, ajouta Finot.

— Archi-morale! LE BONHEUR, comme LA VERTU, comme LE MAL, expriment quelque chose de relatif, répondit Blondet. Ainsi La Fontaine espérait que, par la suite des temps, les damnés s'habitueraient à leur position, et finiraient par être dans l'enfer comme les poissons dans l'eau.

— Les épiciers connaissent tous les mots de La Fontaine! dit Bixiou.

— Le bonheur d'un homme de vingt-six ans qui vit à Paris, n'est pas le bonheur d'un homme de vingt-six ans qui vit à Blois, dit Blondet, sans entendre l'interruption. Ceux qui partent de là pour déblatérer contre l'instabilité des opinions sont des fourbes ou des ignorants. La médecine moderne, dont le plus beau titre de gloire est d'avoir, de 1799 à 1837, passé de l'état conjectural à l'état de science positive, et ce par l'influence de la grande École analyste de Paris, a démontré que, dans une certaine période, l'homme s'est complètement renouvelé...

— A la manière du couteau de Jeannot, et vous le croyez toujours le même, reprit Bixiou. Il y a donc plusieurs losanges dans cet habit d'arlequin que nous nommons le bonheur ; eh bien ! le costume de mon Godefroid n'avait ni trous ni taches. Un jeune homme de vingt-six ans, qui serait heureux en amour, c'est-à-dire aimé, non à cause de sa florissante jeunesse, non pour son esprit, non pour sa tournure, mais irrésistiblement, pas même à cause de l'amour en lui-même, mais quand même cet amour serait abstrait, pour revenir au mot de Royer-Collard, ce susdit jeune homme pourrait fort bien ne pas avoir un liard dans la bourse que l'objet aimant lui aurait brodée, il pourrait devoir son loyer à son propriétaire, ses bottes à ce bottier déjà nommé, ses habits au tailleur qui finirait, comme la France, par se désaffectionner. Enfin, il pourrait être pauvre ! La misère gâte le bonheur du jeune homme qui n'a pas nos opinions transcendantes sur la fusion des intérêts. Je ne sais rien de plus fatigant que d'être moralement très heureux et matériellement très malheureux. N'est-ce pas avoir une jambe glacée comme la mienne par le vent coulis de la porte, et l'autre grillée par la braise du feu? J'espère être bien compris, il y a de l'écho dans la poche de ton gilet, Blondet? Entre nous, laissons le cœur, il gâte l'esprit. Poursuivons! Godefroid de Beaudenord avait donc l'estime de ses fournisseurs, car ses fournisseurs avaient assez régulièrement sa monnaie. La femme de beaucoup d'esprit déjà citée, et qu'on ne peut pas nommer, parce que, grâce à son peu de cœur, elle vit...

— Qui est-ce?

— La marquise d'Espard! Elle disait qu'un jeune homme devait demeurer dans un entresol, n'avoir chez lui rien qui sentît le ménage, ni cuisinière, ni cuisine, être servi par un vieux domestique, et n'annoncer aucune prétention à la stabilité. Selon elle, tout autre établissement est de mauvais goût. Godefroid de Beaudenord, fidèle à ce programme, logeait quai Malaquais, dans un entresol; néanmoins il avait été forcé d'avoir une petite similitude avec les gens mariés, en mettant dans sa chambre un lit d'ailleurs si étroit qu'il y tenait peu. Une Anglaise, entrée par hasard chez lui, n'y aurait rien pu trouver d'*improper*. Finot, tu te feras expliquer la grande loi de l'*improper* qui régit l'Angleterre! Mais puisque nous sommes liés par un billet de mille, je vais t'en donner une idée. Je suis allé en Angleterre, moi! (Bas à l'oreille de Blondet : Je lui donne de l'esprit pour plus de deux mille francs.) En Angleterre, Finot, tu te lies extrêmement avec une femme, pendant la nuit, au bal ou ailleurs; tu la rencontres le lendemain dans la rue, et tu as l'air de la reconnaître : *improper!* Tu trouves à dîner, sous le frac de ton voisin de gauche, un homme charmant, de l'esprit, nulle morgue, du laissez-aller; il n'a rien d'anglais; suivant les lois de l'ancienne compagnie française, si accorte, si aimable, tu lui parles : *improper!* Vous abordez au bal une jolie femme afin de la faire danser : *improper!* Vous vous échauffez, vous discutez, vous riez, vous répandez votre cœur, votre âme, votre esprit dans votre conversation; vous y exprimez des sentiments; vous jouez quand vous êtes au jeu, vous causez en causant et vous mangez en mangeant : *improper! improper! improper!* Un des hommes les plus spirituels et les plus profonds de cette époque, Stendhal, a très bien caractérisé l'*improper* en disant qu'il est tel lord de la Grande-

Bretagne qui, seul, n'ose pas se croiser les jambes devant son feu, de peur d'être *improper*. Une dame anglaise, fût-elle de la secte furieuse des *saints* (protestants renforcés qui laisseraient mourir toute leur famille de faim, si elle était *improper*), ne sera pas *improper* en faisant le diable à trois dans sa chambre à coucher, et se regardera comme perdue si elle reçoit un ami dans cette même chambre. Grâce à l'*improper*, on trouvera quelque jour Londres et ses habitants pétrifiés.

— Quand on pense qu'il est en France des niais qui veulent y importer les solennelles bêtises que les Anglais font chez eux avec ce beau sang-froid que vous connaissez, dit Blondet, il y a de quoi faire frémir quiconque a vu l'Angleterre et se souvient des gracieuses et charmantes mœurs françaises. Dans les derniers temps, Walter Scott, qui n'a pas osé peindre les femmes comme elles sont de peur d'être *improper*, se repentait d'avoir fait la belle figure d'*Effie* dans la Prison d'Édimbourg.

— Veux-tu ne pas être *improper* en Angleterre? dit Bixiou à Finot.

— Eh! bien? dit Finot.

— Va voir aux Tuileries une espèce de pompier

en marbre intitulé Thémistocle par le statuaire, et tâche de marcher comme la statue du Commandeur, tu ne seras jamais *improper*. C'est par une application rigoureuse de la grande loi de l'*improper* que le bonheur de Godefroid se compléta. Voici l'histoire. Il avait un tigre, et non pas un groom, comme l'écrivent des gens qui ne savent rien du monde. Son tigre était un petit Irlandais, nommé Paddy, Joby, Toby (à volonté), trois pieds de haut, vingt pouces de large, figure de belette, des nerfs d'acier faits au gin, agile comme un écureuil, menant un landau avec une habileté qui ne s'est jamais trouvée en défaut ni à Londres ni à Paris, un œil de lézard, fin comme le mien, montant à cheval comme le vieux Franconi, les cheveux blonds comme ceux d'une vierge de Rubens, les joues roses, dissimulé comme un prince, instruit comme un avoué retiré, âgé de dix ans, enfin une vraie fleur de perversité, jouant et jurant, aimant les confitures et le punch, insulteur comme un feuilleton, hardi et chippeur comme un gamin de Paris. Il était l'honneur et le profit d'un célèbre lord anglais, auquel il avait déjà fait gagner sept cent mille francs aux courses. Le lord aimait beaucoup cet enfant : son tigre était une curiosité, personne à Londres n'avait de tigre si petit. Sur un cheval de course, Joby avait l'air d'un faucon. Eh bien! le lord renvoya Toby, non pour gourmandise, ni pour vol, ni pour meurtre, ni pour criminelle conversation, ni pour défaut de tenue, ni pour insolence envers milady, non pour avoir troué les poches de la première femme de milady, non pour s'être laissé corrompre par les adversaires de milord aux courses, non pour s'être amusé le dimanche, enfin pour aucun fait reprochable. Toby eût fait toutes ces choses, il aurait même parlé à milord sans être interrogé, milord lui aurait encore pardonné ce crime domestique. Milord aurait supporté bien des choses de Toby, tant milord y tenait. Son tigre menait une voiture à deux roues et à deux chevaux l'un devant l'autre, en selle sur le second, les jambes ne dépassant pas les brancards, ayant l'air enfin d'une de ces têtes d'anges que les peintres italiens sèment autour du Père éternel. Un journaliste anglais fit une délicieuse description de ce petit ange, il le trouva trop joli pour un tigre, il offrit de parier que Paddy était une tigresse apprivoisée. La description menaçait de s'envenimer et de devenir *improper* au premier chef. Le superlatif de l'*improper* mène à la potence. Milord fut beaucoup loué de sa circonspection par milady. Toby ne put trouver de place nulle part, après s'être vu contester son État civil dans la Zoologie britannique. En ce temps Godefroid florissait à l'ambassade de France à Londres, où il apprit l'aventure de Toby, Joby, Paddy. Godefroid s'empara du tigre qu'il trouva pleurant auprès d'un pot de confitures, car l'enfant avait déjà perdu les guinées par lesquelles milord avait doré son malheur. A son retour, Godefroid de Beaudenord importa donc chez nous le plus charmant tigre de l'Angleterre, il fut connu par son tigre comme Couture s'est fait remarquer par ses gilets. Aussi entra-t-il facilement dans la confédération du club dit aujourd'hui de Grammont. Il n'inquiétait aucune ambition après avoir renoncé à la carrière diplomatique, il n'avait pas un esprit dangereux, il fut bien reçu de tout le monde. Nous autres, nous serions offensés dans notre amour-propre en ne rencontrant que des visages riants. Nous nous plaisons à voir la grimace amère de l'envieux. Godefroid n'aimait pas à être haï. A chacun son goût! Arrivons au solide, à la vie matérielle? Son appartement, où j'ai léché plus d'un déjeuner, se recommandait par un cabinet de toilette mystérieux, bien orné, plein de choses confortables, à cheminée, à baignoire; sortie sur un petit escalier, portes battantes assourdies, serrures faciles, gonds discrets, fenêtres à carreaux dépolis, à rideaux impassibles. Si la chambre offrait et devait offrir le plus beau désordre que puisse souhaiter le peintre d'aquarelle le plus exigeant, si tout y respirait l'allure bohémienne d'une vie de jeune homme élégant, le cabinet de toilette était comme un sanctuaire : blanc, propre, rangé, chaud, point de vent coulis, tapis fait pour y sauter pieds nus, en chemise et effrayée. Là est la signature du garçon vraiment petit-maître et sachant la vie! car là, pendant quelques minutes, il peut paraître ou sot ou grand dans les petits détails de l'existence qui révèlent le caractère. La marquise déjà citée, non, c'est la marquise de Rochefide, est sortie furieuse d'un cabinet de toilette, et n'y est jamais revenue, elle n'y avait rien trouvé d'*improper*. Godefroid y avait une petite armoire pleine...

— De camisoles, dit Finot.

— Allons, te voilà gros Turcaret! (Je ne le formerai jamais!) Mais non, de gâteaux, de fruits, jolis petits flacons de vin de Malaga, de Lunel, un en-cas à la Louis XIV, tout ce qui peut amuser des estomacs délicats et bien appris, des estomacs de seize quartiers. Un vieux malicieux domestique, très fort en l'art vétérinaire, servait les chevaux et pansait Godefroid, car il avait été à feu M. Beaudenord, et portait à Godefroid une affection invétérée, cette lèpre du cœur que les caisses d'épargne ont fini par guérir chez les domestiques. Tout bonheur matériel repose sur des chiffres. Vous, à qui la vie parisienne est connue jusque dans ses exostoses, vous devinez qu'il lui fallait environ dix-sept mille livres de rente, car il avait dix-sept francs d'impositions et mille écus de fantaisies. Eh bien! mes chers enfants, le jour où il se leva majeur, le marquis d'Aiglemont lui présenta des comptes de tutelle, comme nous ne serions pas capables d'en rendre à nos neveux, et lui remit une inscription de dix-huit mille livres de rente sur le grand-livre, reste de l'opulence paternelle étrillée par la grande réduction républicaine, et grêlée par les arriérés de l'Empire. Ce vertueux tuteur mit son pupille à la tête d'une trentaine de mille francs d'économies placées dans la maison Nucingen, en lui disant avec toute la grâce d'un grand seigneur et le laissez-aller d'un soldat de l'Empire qu'il lui avait ménagé cette somme pour ses folies de jeune homme : « Si tu m'écoutes, Godefroid, ajouta-t-il, au lieu de les dépenser sottement comme tant d'autres, fais des folies utiles, accepte une place d'attaché d'ambassade à Turin, de là va à Naples, de Naples reviens à Londres, et pour ton argent tu te seras amusé, instruit. Plus tard, si tu veux prendre une carrière, tu n'auras perdu ni ton temps ni ton argent. » Feu d'Aiglemont valait mieux que sa réputation, on ne peut pas en dire autant de nous.

— Un jeune homme qui débute à vingt et un ans avec dix-huit mille livres de rente est un garçon ruiné, dit Couture.

— S'il n'est pas avare, ou très supérieur, dit Blondet.

— Godefroid séjourna dans les quatre capitales de l'Italie, reprit Bixiou. Il vit l'Allemagne et l'Angleterre, un peu Saint-Pétersbourg, parcourut la Hollande ; mais il se sépara desdits trente mille francs en vivant comme s'il avait trente mille livres de rente. Il trouva partout *le suprême de volaille*, *l'aspic*, et *les vins de France*, entendit parler français à tout le monde, enfin il ne sut pas sortir de Paris. Il aurait bien voulu se dépraver le cœur, se le cuirasser, perdre ses illusions, apprendre à tout écouter sans rougir, à parler sans rien dire, à pénétrer les secrets intérêts des puissances... Bah! il eut bien de la peine à se munir de quatre langues, c'est-à-dire à s'approvisionner de quatre mots contre une idée. Il revint veuf de plusieurs douairières ennuyeuses, appelées *bonnes fortunes* à l'étranger, timide et peu formé, bon garçon, plein de confiance, incapable de dire du mal des gens qui lui faisaient l'honneur de l'admettre chez eux, ayant trop de bonne foi pour être diplomate, enfin ce que nous appelons un loyal garçon.

— Bref un *moutard* qui tenait ses dix-huit mille livres de rente à la disposition des premières actions venues, dit Couture.

Ce diable de Couture a tellement l'habitude d'anticiper les dividendes, qu'il anticipe le dénoûment de mon histoire. Où en étais-je? Au retour de Beaudenord. Quand il fut installé quai Malaquais, il arriva que mille francs au-dessus de ses besoins furent insuffisants pour sa part de loge aux Italiens et à l'Opéra. Quand il perdait vingt-cinq ou trente louis au jeu dans un pari, naturellement il payait ; puis il les dépensait en cas de gain, ce qui nous arriverait si nous étions assez bêtes pour nous laisser prendre à parier. Beaudenord, gêné dans ses dix-huit mille livres de rente, sentit la nécessité de créer ce que nous appelons aujourd'hui *le fonds de roulement*. Il tenait beaucoup *à ne pas s'enfoncer lui-même*. Il alla consulter son tuteur : « Mon cher enfant, lui dit d'Aiglemont, les rentes arrivent au pair, vends tes rentes, j'ai vendu les miennes et celles de ma femme. Nucingen a tous mes capitaux et m'en donne six pour cent ; fais comme moi, tu auras un pour cent de plus, et ce un pour cent te permettra d'être tout à fait à ton aise. » En trois jours, notre Godefroid fut à son aise. Ses revenus étant dans un équilibre parfait avec son superflu, son bonheur matériel fut complet. S'il était possible d'interroger tous les jeunes gens de Paris d'un seul regard, comme il paraît que la chose se fera lors du jugement dernier pour les milliards de générations qui auront pataugé sur tous les globes, en gardes nationaux ou en sauvages, et de leur demander si le bonheur d'un jeune homme de vingt-six ans ne consiste pas : à pouvoir sortir à cheval, en tilbury, ou en cabriolet avec un tigre gros comme le poing, frais et rose comme Toby, Joby, Paddy ; à avoir, le soir, pour douze francs, un coupé de louage très convenable ; à se montrer élégamment tenu suivant les lois vestimentales qui régissent huit heures, midi, quatre heures et le soir ; à être bien reçu dans toutes les ambassades, et y recueillir les fleurs éphémères d'amitiés cosmopolites et superficielles ; à être d'une beauté supportable, et à bien porter son nom, son habit et sa tête ; à loger dans un charmant petit entresol arrangé comme je vous ai dit que l'était l'entresol du quai Malaquais ; à pouvoir inviter des amis à vous accompagner au Rocher de Cancale sans avoir interrogé préalablement son gousset, et n'être arrêté dans aucun de ses mouvements raisonnables par ce mot : Ah ! et de l'argent? à pouvoir renouveler les bouffettes roses qui embellissent les oreilles de ses trois chevaux pur sang, et à avoir toujours une coiffe neuve à son chapeau. Tous, nous-mêmes, gens supérieurs, tous répondraient que ce bonheur est incomplet, que c'est la Magdeleine sans autel, qu'il faut aimer et être aimé, ou aimer sans être aimé, ou être aimé sans aimer, ou pouvoir aimer à tort et à travers. Arrivons au bonheur moral. Quand, en janvier 1823, il se trouva bien assis dans ses jouissances, après avoir pris pied et langue dans les différentes sociétés parisiennes où il lui plut d'aller, il sentit la nécessité de se mettre à l'abri d'une ombrelle, d'avoir à se plaindre d'une femme comme il faut, de ne pas mâchonner la queue d'une rose achetée dix sous à Mme Prévost, à l'instar des petits jeunes gens qui gloussent dans les corridors de l'Opéra, comme des poulets en épinette. Enfin il résolut de rapporter ses sentiments, ses idées, ses affections à une femme, *une femme!* La PHAMME! AH! Il conçut d'abord la pensée saugrenue d'avoir une passion malheureuse, il tourna pendant quelque temps autour de sa belle cousine, Mme d'Aiglemont, sans s'apercevoir qu'un diplomate avait déjà dansé la valse de Faust avec elle. L'année 25 se passa en essais, en recherches, en coquetteries inutiles. L'objet aimant demandé ne se trouva pas. Les passions sont extrêmement rares. Dans cette époque, il s'est élevé tout autant de barricades dans les mœurs que dans les rues! En vérité, mes frères, je vous le dis, l'*improper* nous gagne! Comme on nous fait le reproche d'aller sur les brisées des peintres en portraits, des commissaires-priseurs et des marchands de modes, je ne vous ferai pas subir la description de la personne en laquelle Godefroid reconnut sa femelle. Age, dix-neuf ans; taille, un mètre cinquante centimètres; cheveux blonds, sourcils *idem;* yeux bleus, front moyen, nez courbé, bouche petite, menton court et relevé, visage ovale; signes particuliers, néant. Tel, le passe-port de l'objet aimé. Ne soyez pas plus difficiles que la Police, que messieurs les Maires de toutes les villes et communes de France, que les gendarmes et autres autorités constituées. D'ailleurs, c'est le bloc de la Vénus de Médicis, parole d'honneur. La première fois que Godefroid alla chez Mme de Nucingen, qui l'avait invité à l'un de ces bals par lesquels elle acquit, à bon compte, une certaine réputation, il y aperçut, dans un quadrille, la personne à aimer et fut émerveillé par cette taille d'un mètre cinquante centimètres. Ces cheveux blonds ruisselaient en cascades bouillonnantes sur une petite tête ingénue et franche comme celle d'une naïade qui aurait mis le nez à la fenêtre cristalline de sa source, pour voir les fleurs du printemps. (Ceci est notre nouveau style, des phrases qui filent comme notre macaroni tout à l'heure.) L'*idem* des sourcils, n'en déplaise à la Préfecture de Police, aurait pu demander six vers à l'aimable Parny, ce poète badin les eût fort agréablement comparés à l'arc de Cupidon, en faisant observer que le trait était au-dessous, mais un trait sans force, épointé, car il règne encore aujourd'hui la moutonne douceur que les devants de cheminée attribuent à Mme de la Vallière, au moment où elle signe sa tendresse par-devant Dieu, faute d'avoir pu la signer par-devant notaire. Vous connaissez l'effet des cheveux blonds et des yeux bleus, combinés avec une danse molle, voluptueuse et décente? Une jeune personne ne vous frappe pas alors audacieusement au cœur, comme ces brunes qui par leur regard ont l'air de vous dire, en mendiant espagnol : La bourse ou la vie! cinq francs, ou je te méprise. Ces beautés insolentes (et quelque peu dangereuses!) peuvent plaire à beaucoup d'hommes; mais, selon moi, la blonde qui a le bonheur de paraître excessivement tendre et complaisante, sans perdre ses droits de remontrance, de taquinage, de discours immodérés, de jalousie à faux et tout ce qui la rend la femme adorable, sera toujours plus sûre de se marier que la brune ardente. Le bois est cher. Isaure, blanche comme une Alsacienne (elle avait vu le jour à Strasbourg et parlait l'allemand avec un petit français fort agréable), dansait à merveille. Ses pieds, que l'employé de la police n'avait pas mentionnés, et qui cependant pouvaient trouver leur place sous la rubrique *signes particuliers*, étaient remarquables par leur petitesse, par ce jeu particulier que les vieux maîtres ont nommé *flic-flac*, et comparable au debit agréable de Mlle Mars, car toutes les muses sont sœurs, le danseur et le poète ont également les pieds sur terre. Les pieds d'Isaure conversaient avec une netteté, une précision, une légèreté, une rapidité de très bon augure pour les choses du cœur. — « Elle a du *flic-flac!* » était le suprême éloge de Marcel, le seul maître de danse qui ait mérité le nom de grand. On a dit le grand Marcel comme le grand Frédéric, et du temps de Frédéric.

— A-t-il composé des ballets ? demanda Finot.

— Oui, quelque chose comme les *Quatre-Eléments*, l'*Europe galante*.

— Quel temps, dit Finot, que le temps où les grands seigneurs habillaient les danseuses !

— *Improper!* reprit Bixiou. Isaure ne s'élevait pas sur ses pointes, elle restait terre à terre, se balançait sans secousses, ni plus ni moins voluptueusement que doit se balancer une jeune personne. Marcel disait avec une profonde philosophie que chaque état avait sa danse : une femme mariée devait danser autrement qu'une jeune personne, un robin autrement qu'un financier, et un militaire autrement qu'un page ; il allait même jusqu'à prétendre qu'un fantassin devait danser autrement qu'un cavalier : et, de là il partait pour analyser toute la société. Toutes ces belles nuances sont bien loin de nous.

— Ah ! dit Blondet, tu mets le doigt sur un grand malheur. Si Marcel eût été compris, la Révolution française n'aurait pas eu lieu.

— Godefroid, reprit Bixiou, n'avait pas eu l'avantage de parcourir l'Europe sans observer à fond les danses étrangères. Sans cette profonde connaissance en chorégraphie, qualifiée de futile, peut-être n'eût-il pas aimé cette jeune personne : mais des trois cents invités qui se pressaient dans les beaux salons de la rue Saint-Lazare, il fut le seul à comprendre l'amour inédit que trahissait une danse bavarde. On remarqua bien la manière d'Isaure d'Aldrigger; mais, dans ce siècle où chacun s'écrie : Glissons, n'appuyons pas!

l'un dit : Voilà une jeune fille qui danse fameusement bien (c'était un clerc de notaire) ; l'autre : Voilà une jeune personne qui danse à ravir (c'était une dame en turban) ; la troisième, une femme de trente ans : Voilà une petite personne qui ne danse pas mal ! Revenons au grand Marcel, et disons en parodiant son plus fameux mot : Que de choses dans un avant-deux !

— Et allons un peu plus vite ! dit Blondet, tu marivaudes.

— Isaure, reprit Bixiou qui regarda Blondet de travers, avait une simple robe de crêpe blanc ornée de rubans verts, un camélia dans ses cheveux, un camélia à sa ceinture, un autre camélia dans le bas de sa robe, et un camélia...

— Allons, voilà les trois cents chèvres de Sancho !

— C'est toute la littérature, mon cher ! Clarisse est un chef-d'œuvre, il a quatorze volumes, et le plus obtus vaudevilliste te le racontera dans un acte. Pourvu que je t'amuse, de quoi te plains-tu ? Cette toilette était d'un effet délicieux, est-ce que n'aimes pas le camélia ? veux-tu des dahlias ? Non. Eh ! bien, un marron, tiens ! dit Bixiou qui jeta sans doute un marron à Blondet, car nous en entendîmes le bruit sur l'assiette.

— Allons, j'ai tort, continue, dit Blondet.

— Je reprends, dit Bixiou. « N'est-ce pas joli à épouser? » dit Rastignac à Beaudenord en lui montrant la petite aux camélias blancs, purs et sans une feuille de moins. Rastignac était un des intimes de Godefroid. — « Eh bien ! j'y pensais, lui répondit à l'oreille Godefroid. J'étais occupé à me dire qu'au lieu de trembler à tout moment dans son bonheur, de jeter à grand' peine un mot dans une oreille inattentive, de regarder aux Italiens s'il y a une fleur rouge ou blanche dans une coiffure, s'il y a au Bois une main gantée sur le panneau d'une voiture, comme cela se fait à Milan, au Corso; qu'au lieu de voler une bouchée de baba derrière une porte, comme un laquais qui achève une bouteille, d'user son intelligence pour donner et recevoir une lettre, comme un facteur; qu'au lieu de recevoir des tendresses infinies en deux lignes, avoir cinq volumes in-folio à lire aujourd'hui, demain une livraison de deux feuilles, ce qui est fatigant; qu'au lieu de se traîner dans les ornières et derrière les haies, il vaudrait mieux se laisser aller à l'adorable passion enviée par J.-J. Rousseau, aimer tout bonnement une jeune personne comme Isaure, avec l'intention d'en faire sa femme si, durant l'échange des sentiments, les cœurs se conviennent, enfin être Werther heureux ! » — « C'est un ridicule tout comme un autre, dit Rastignac sans rire. A ta place, peut-être me plongerais-je dans les délices infinies de cet ascétisme, il est neuf, original et peu coûteux. Ta monna Lisa est suave, mais sotte comme une musique de ballet, je t'en préviens. » La manière dont Rastignac dit cette dernière phrase fit croire à Beaudenord que son ami avait intérêt à le désenchanter, et il le crut son rival en sa qualité d'ancien diplomate. Les vocations manquées déteignent sur toute l'existence. Godefroid s'amouracha si bien de Mlle Isaure d'Aldrigger, que Rastignac alla trouver une grande fille qui causait dans un salon de jeu, et lui dit à l'oreille : « Malvina, votre sœur vient de ramener dans son filet un poison qui pèse dix-huit mille livres de rente ; il a un nom, une certaine assiette dans le monde et de la tenue ; surveillez-les ; s'ils filent le parfait amour, ayez soin d'être la confidente d'Isaure pour ne pas lui laisser répondre un mot sans l'avoir corrigé. » Vers deux heures du matin, le valet de chambre vint dire à une petite bergère des Alpes, de quarante ans, coquette comme la Zerline de l'opéra de Don Juan, et auprès de laquelle se tenait Isaure : « La voiture de madame la baronde est avancée. » Godefroid vit alors sa beauté de ballade allemande entraînant sa mère fantastique dans le salon de partance, où ces deux dames furent suivies par Malvina. Godefroid, qui feignit (l'enfant !) d'aller savoir dans quel pot de confitures s'était blotti Joby, eut le bonheur d'apercevoir Isaure et Malvina embobelinant leur sémillante maman dans sa pelisse, et se rendant ces petits soins de toilette exigés par un voyage nocturne dans Paris. Les deux sœurs l'examinèrent du coin de l'œil en chattes bien apprises, qui lorgnent une souris sans avoir l'air d'y faire attention. Il éprouva quelque satisfaction en voyant le ton, la mise, les manières du grand Alsacien en livrée, bien ganté, qui vint apporter de gros souliers fourrés à ses trois maîtresses. Jamais deux sœurs ne furent plus dissemblables que l'étaient Isaure et Malvina. L'aînée, grande et brune, Isaure, petite et mince ; celle-ci les traits fins et délicats ; l'autre des formes vigoureuses et prononcées ; Isaure était la femme qui règne par son défaut de force, et qu'un lycéen se croit obligé de protéger; Malvina était la femme « d'*Avez-vous vu dans Barcelone?* » A côté de sa sœur, Isaure faisait l'effet d'une miniature auprès d'un portrait à l'huile. « Elle est riche! dit Godefroid à Rastignac en rentrant dans le bal. — Qui? — Cette jeune personne. — Ah! Isaure d'Aldrigger. Mais oui. La mère est veuve, son mari a eu Nucingen dans ses bureaux à Strasbourg. Veux-tu la revoir, tourne un compliment à Mme de Restaud, qui donne un bal après-demain, la baronne d'Aldrigger et ses deux filles y seront, tu seras invité! » Pendant trois jours, dans la chambre obscure de son cerveau, Godefroid vit *son* Isaure et les camélias blancs, et les airs de tête, comme lorsqu'après avoir contemplé longtemps un objet fortement éclairé, nous le retrouvons les yeux fermés sous une forme moindre, radieux et coloré, qui pétille au centre des ténèbres.

— Bixiou, tu tombes dans le phénomène, masse-nous des tableaux! dit Couture.

— Voilà! reprit Bixiou en se posant sans doute comme un garçon de café, voilà, messieurs, le tableau demandé! Attention, Finot! il faut tirer sur ta bouche comme un cocher de coucou sur celle de sa rosse ! Mme Théodora-Marguerite-Wilhelmine Adolphus (de la maison Adolphus et compagnie de Manheim), veuve du baron d'Aldrigger, n'était pas une bonne grosse Allemande, compacte et réfléchie, blanche, à visage doré comme la mousse d'un pot de bière, enrichie de toutes les vertus patriarcales que la Germanie possède, romancièrement parlant. Elle avait les joues encore fraiches, colorées aux pommettes comme celles d'une poupée de Nuremberg, des tire-bouchons très éveillés aux tempes, les yeux agaçants, pas le moindre cheveu blanc, une taille mince, et dont les prétentions étaient mises en relief par des robes à corset. Elle avait au front et aux tempes quelques rides involontaires qu'elle aurait bien voulu, comme Ninon, exiler à ses talons ; mais les rides persistaient à dessiner leurs zigs-zags aux endroits les plus visibles. Chez elle, le tour du nez se fanait, et le bout rougissait, ce qui était d'autant plus gênant que le nez s'harmonisait alors à la couleur des pommettes. En qualité d'unique héritière, gâtée par ses parents, gâtée par son mari, gâtée par la ville de Strasbourg, et toujours gâtée par ses deux filles qui l'adoraient, la baronne se permettait le rose, la jupe courte, le nœud à la pointe du corset qui lui dessinait la taille. Quand un Parisien voit cette baronne passant sur le boulevard, il sourit, la condamne sans admettre, comme le jury actuel, les circonstances atténuantes dans un fratricide! Le moqueur est toujours un être superficiel et conséquemment cruel, le drôle ne tient aucun compte de la part qui revient à la Société dans le ridicule dont il rit, car la Nature n'a fait que des bêtes, nous devons les sots à l'État social.

— Ce que je trouve de beau dans Bixiou, dit Blondet, c'est qu'il est complet : quand il ne raille pas les autres, il se moque de lui-même.

— Blondet, je te revaudrai cela, dit Bixiou d'un ton fin. Si cette petite baronne était évaporée, insouciante, égoïste, incapable de calcul, la responsabilité de ses défauts revenait à la maison Adolphus et compagnie de Manheim, à l'amour aveugle du baron d'Aldrigger. Douce comme un agneau, cette baronne avait le cœur tendre, facile à émouvoir, mais malheureusement l'émotion durait peu et conséquemment se renouvelait souvent. Quand le baron mourut, cette bergère faillit le suivre, tant sa douleur fut violente et vraie ; mais... le lendemain, à déjeuner, on lui servit des petits pois qu'elle aimait, et ces délicieux petits pois calmèrent la crise. Elle était si aveuglément aimée par ses deux filles, par ses gens, que toute la maison fut heureuse d'une circonstance qui leur permit de dérober à la baronne le spectacle douloureux du convoi. Isaure et Malvina cachèrent leurs larmes à cette mère adorée, et l'occupèrent à choisir ses habits de deuil, à les commander pendant que l'on chantait le *Requiem*. Quand un cercueil est placé sous ce grand catafalque noir et blanc, taché de cire, qui a servi à trois mille cadavres de gens comme il faut avant d'être réformé, selon l'estimation d'un croquemort philosophe que j'ai consulté sur ce point, entre deux verres de *petit blanc ;* quand un bas clergé très indifférent braille le *Dies iræ*, quand le haut clergé non moins indifférent dit l'office, savez-vous ce que disent les amis vêtus de noir, assis ou debout dans l'église? (Voilà le tableau demandé). Tenez, les voyez-vous? — Combien croyez-vous que laisse le papa d'Aldrigger? disait Desroches à Taillefer, qui nous a fait faire avant sa mort la plus belle orgie connue...

— Est-ce que Desroches était avoué dans ce temps-là?

— Il a traité en 1822, dit Couture. Et c'était hardi pour le fils d'un pauvre employé qui n'a jamais eu plus de dix-huit cents francs, et dont la mère gérait un bureau de papier timbré. Mais il a rudement travaillé de 1818 à 1822. Entré quatrième clerc chez Derville, il y était second clerc en 1819 !

— Desroches !

— Oui, dit Bixiou. Desroches a roulé comme nous sur les fumiers du *Jobisme*. Ennuyé de porter des habits trop étroits et à manches trop courtes, il avait dévoré le Droit par désespoir, et venait d'acheter un titre nu. Avoué sans le sou, sans clientèle, sans autres amis que nous, il devait payer les intérêts d'une Charge et d'un Cautionnement.

— Il me faisait alors l'effet d'un tigre sorti du Jardin-des-Plantes, dit Couture. Maigre, à cheveux roux, les yeux couleur tabac d'Espagne, un teint aigre, l'air froid et flegmatique, mais âpre à la veuve, tranchant sur l'orphelin, travailleur, la terreur de ses clercs qui ne devaient pas perdre leur temps, instruit, retors, double, d'une élocution mielleuse, ne s'emportant jamais, haineux à la manière de l'homme judiciaire.

— Et il a du bon, s'écria Finot, il est dévoué à ses amis, et son premier soin fut de prendre Godeschal pour maître-clerc, le frère à Mariette.

— A Paris, dit Blondet, l'avoué n'a que deux nuances : il y a l'avoué honnête homme qui demeure dans les termes de la loi, pousse les procès, ne court pas les affaires, ne néglige rien, conseille ses clients avec loyauté, les fait transiger sur les points douteux, un Derville enfin. Puis il y a l'avoué famélique à qui tout est bon pourvu que les frais soient assurés ; qui ferait battre, non pas des montagnes, il les vend, mais des planètes ; qui se charge du triomphe d'un coquin sur un honnête homme, quand par hasard l'honnête homme ne s'est pas mis en règle. Quand un de ces avoués-là fait un tour de maître Gonin un peu trop fort, la Chambre le force à vendre. Desroches, notre ami Desroches, a compris ce métier assez pauvrement fait par de pauvres hères : il a acheté des causes aux gens qui tremblaient de les perdre, il s'est rué sur la chicane en homme déterminé à sortir de la misère. Il a eu raison, il a fait très honnêtement son métier. Il a trouvé des protecteurs dans les hommes politiques en sauvant leurs affaires embarrassées, omme pour notre cher des Lupeaulx, dont la sition était si compromise. Il lui fallait cela our se tirer de peine, car Desroches a commencé ar être mal vu du Tribunal! lui qui rectifiait vec tant de peine les erreurs de ses clients!... 'oyons, Bixiou, revenons?... Pourquoi Desroches e trouvait-il dans l'église?

« — D'Aldrigger laisse sept ou huit cent mille rancs! répondit Taillefer à Desroches. — Ah! ah! il n'y a qu'une personne qui connaisse *leur* ortune, dit Werbrust, un ami du défunt. — Qui? — Ce gros malin de Nucingen, il ira jusqu'au cimetière, d'Aldrigger a été son patron, et par reconnaissance il faisait valoir les fonds du bonhomme. — Sa veuve va trouver une bien grande différence! — Comment l'entendez-vous? — Mais d'Aldrigger aimait tant sa femme! Ne riez donc pas, on nous regarde. — Tiens, voilà du Tillet, il est bien en retard, il arrive à l'Épître. — Il épousera sans doute l'aînée. — Est-ce possible? dit Desroches, il est plus que jamais engagé avec Mme Roguin. — Lui! engagé?... vous ne le connaissez pas. — Savez-vous la position de Nucingen et de du Tillet? demanda Desroches. — La voici, dit Taillefer : Nucingen est homme à dévo-

rer le capital de son ancien patron et à le l
rendre... — Heu! heu! fit Werbrust. Il fait d
blement humide dans les églises, heu! heu!
Comment le rendre?... — Eh bien! Nucing
sait que du Tillet a une grande fortune, il veut l
marier à Malvina; mais du Tillet se défie de N
cingen. Pour qui voit le jeu, cette partie est am
sante. — Comment, dit Werbrust, déjà bonne
marier?... Comme nous vieillissons vite! — Mal
vina d'Aldrigger a vingt ans, mon cher. Le bon
homme d'Aldrigger s'est marié en 1800! Il nous
donné d'assez belles fêtes à Strasbourg pour so
mariage et pour la naissance de Malvina. C'étai
en 1801, à la paix d'Amiens, et nous sommes e
1823, papa Werbrust. Dans ce temps-là, on ossia
nisait tout, il a nommé sa fille Malvina. Six an
après, sous l'Empire, il y a eu pendant quelqu
temps une fureur pour les choses chevaleresques
c'était : *Partant pour la Syrie*, un tas de bêtises
Il a nommé sa seconde fille Isaure, elle a dix-sep
ans. Voilà deux filles à marier. — Ces femme
n'auront pas un sou dans dix ans, dit Werbrus
confidentiellement à Desroches. — Il y a, répon
dit Taillefer, le valet de chambre de d'Aldrigger
ce vieux qui beugle au fond de l'église, il a v

lever ces deux demoiselles, il est capable de out pour leur conserver de quoi vivre. (Les hantres : *Dies iræ !*) Les enfants de chœur : *dies lla !* (Taillefer : — Adieu, Werbrust, en entenant le *Dies iræ*, je pense trop à mon pauvre fils.

Je m'en vais aussi, il fait trop humide, dit 'erbrust. (*in favilla.*) (Les pauvres à la porte : uelques sous, mes chers messieurs !) (Le suisse : an ! pan ! *pour les besoins de l'église.* Les hantres : *Amen !* Un ami : De quoi est-il mort? n curieux farceur : D'un vaisseau rompu dans e talon. Un passant : Savez-vous quel est le pernnage qui s'est laissé mourir? Un parent : Le résident de Montesquieu. Le sacristain aux paus : Allez-vous-en donc, on nous a donné pour ous, ne demandez plus rien !)

— Quelle verve ! dit Couture.

(En effet il nous semblait entendre tout le mouement qui se fait dans une église. Bixiou imitait out, jusqu'au bruit des gens qui s'en vont avec e corps, par un remuement de pieds sur le planher.)

— Il y a des poètes, des romanciers, des écriains qui disent beaucoup de belles choses sur es mœurs parisiennes, reprit Bixiou, mais voilà la vérité sur les enterrements. Sur cent personnes qui rendent les derniers devoirs à un pauvre diable de mort, quatre-vingt-dix-neuf parlent d'affaires et de plaisirs en pleine église. Pour observer quelque pauvre petite vraie douleur, il faut des circonstances impossibles. Encore! y a-t-il une douleur sans égoïsme?...

— Heu! heu! fit Blondet. Il n'y a rien de moins respecté que la mort, peut-être est-ce ce qu'il y a de moins respectable?...

— C'est si commun! reprit Bixiou. Quand le service fut fini, Nucingen et du Tillet accompagnèrent le défunt au cimetière. Le vieux valet de chambre allait à pied. Le cocher menait la voiture derrière celle du Clergé. — *Hé bien! ma ponne ami*, dit Nucingen à du Tillet en tournant le boulevard, *location est pelle bire ebiser Malfina: fous serez le brodecdir teu zette baufre vamile han plires, visse aurez eine vamile, ine indérière; fous drouferez eine mison doute mondée, et Malfina cerdes esd eine frai dressor.*

— Il me semble entendre parler ce vieux Robert Macaire de Nucingen! dit Finot.

« Une charmante personne, reprit Ferdinand du Tillet avec feu et sans s'échauffer, » reprit Bixiou.

— Tout du Tillet dans un mot ! s'écria Couture.

« — Elle peut paraître laide à ceux qui ne la connaissent pas, mais, je l'avoue. elle a de l'âme, disait du Tillet. — *Ed tu quir, c'esd le pon te l'iffire, mon cher, il aura ti téfuément et te l'indelligence. Tans nodre chi : te médier, on ne said ni ki fit, ni ki mire ; c'est eine crant ponhire ki te pufoir se gonvier au quir te sa femme. Che droguerais bienne Telvine qui, fous le safez, m'a abordé plis d'eine million, gondre Malfina qui n'a pas ine taude si crante.* — Mais qu'a-t-elle ? — *Che ne sais bas au chiste,* dit le baron de Nucingen, *mais il a keke chausse.* — Elle a une mère qui aime bien le rose ! » dit du Tillet. Ce mot mit fin aux tentatives de Nucingen. Après le dîner, le baron apprit alors à la Wilhelmine-Adolphus qu'il lui restait à peine quatre cent mille francs chez lui. La fille des Adolphus de Manheim, réduite à vingt-quatre mille livres de rente, se perdit dans des calculs qui se brouillaient dans sa tête. — « Comment ! disait-elle à Malvina, comment ! j'ai toujours eu six mille francs pour nous chez la couturière ! mais où ton père prenait-il de l'argent ? Nous n'aurions rien avec vingt-quatre mille francs, nous sommes dans la misère. Ah ! si mon père me voyait ainsi déchue, il en mourrait, s'il n'était pas mort déjà ! Pauvre Wilhelmine ! » Et elle se mit à pleurer. Malvina, ne sachant comment consoler sa mère, lui représenta qu'elle était encore jeune et jolie, le rose lui seyait toujours, elle irait à l'Opéra, aux Bouffons dans la loge de Mme de Nucingen. Elle endormit sa mère dans un rêve de fêtes, de bals, de musique, de belles toilettes et de succès, qui commença sous les rideaux d'un lit en soie bleue, dans une chambre élégante, contiguë à celle où, deux nuits auparavant, avait expiré monsieur Jean-Baptiste baron d'Aldrigger, dont voici l'histoire en trois mots. En son vivant, ce respectable Alsacien, banquier à Strasbourg, s'était enrichi d'environ trois millions. En 1800, à l'âge de trente-six ans, à l'apogée d'une fortune faite pendant la Révolution, il avait épousé, par ambition et par inclination, l'héritière des Adolphus de Manheim, jeune fille adorée de toute une famille, et naturellement elle en recueillit la fortune dans l'espace de dix années. D'Aldrigger fut alors baronifié par S. M. l'Empereur et Roi, car sa fortune se doubla; mais il se passionna pour le grand homme qui l'avait titré. Donc, entre 1814 et 1815, il se ruina pour avoir pris au sérieux le soleil d'Austerlitz. L'honnête Alsacien ne suspendit pas ses paiements, ne désintéressa pas ses créanciers avec les valeurs qu'il regardait comme mauvaises ; il paya tout à bureau ouvert, se retira de la Banque et mérita le mot de son ancien premier commis, Nucingen : « Honnête homme, mais bête ! » Tout compte fait, il lui resta cinq cent mille francs et des recouvrements sur l'Empire qui n'existait plus. « *Foilà ze gue z'est gué t'afoir drop cri anne Nappolion,* » dit-il en voyant le résultat de sa liquidation. Lorsqu'on a été les premiers d'une ville, le moyen d'y rester amoindri ?... Le banquier de l'Alsace fit comme font tous les provinciaux ruinés : il vint à Paris, il y porta courageusement des bretelles tricolores sur lesquelles étaient brodées les aigles impériales et s'y concentra dans la société bonapartiste. Il remit ses valeurs au baron de Nucingen qui lui donna huit pour cent de tout, en acceptant ses créances impériales à soixante pour cent seulement de perte, ce qui fut cause que d'Aldrigger serra la main de Nucingen en lui disant : — *Ch'édais pien sir te de droufer le quir d'in Elsacien !* Nucingen se fit intégralement payer par notre ami des Lupeaulx. Quoique bien étrillé, l'Alsacien eut un revenu industriel de quarante-quatre mille francs. Son chagrin se compliqua du *spleen* dont sont saisis les gens habitués à vivre par le jeu des affaires quand ils en sont sevrés. Le banquier se donna pour tâche de se sacrifier, noble cœur! à sa femme, dont la fortune venait d'être dévorée, et qu'elle avait laissé prendre avec la facilité d'une fille à qui les affaires d'argent étaient tout à fait inconnues. La baronne d'Aldrigger retrouva donc les jouissances auxquelles elle était habituée, le vide que pouvait lui causer la Société de Strasbourg fut comblé par les plaisirs de Paris. La maison Nucingen tenait déjà comme elle tient encore le haut bout de la société financière, et le baron habile mit son honneur à bien traiter le baron honnête. Cette belle vertu faisait bien dans le salon Nucingen. Chaque hiver écornait le capital de d'Aldrigger; mais il n'osait faire le moindre reproche à la perle des Adolphus; sa tendresse fut la plus ingénieuse et la plus intelligente qu'il y eût en ce monde. Brave homme, mais bête! Il mourut en se demandant: « Que deviendront-elles sans moi? » Puis, dans un moment où il fut seul avec son vieux valet de chambre Wirth, le bonhomme, entre deux étouffements, lui recommanda sa femme et ses deux filles, comme si ce Caleb d'Alsace était le seul être raisonnable qu'il y eût dans la maison. Trois ans après, en 1826, Isaure était âgée de vingt ans et Malvina n'était pas mariée. En allant dans le monde Malvina avait fini par remarquer combien les relations y sont superficielles, combien tout y est examiné, défini. Semblable à la plupart des filles dites *bien élevées*, Malvina ignorait le mécanisme de la vie, l'importance de la fortune, la difficulté d'acquérir la moindre monnaie, le prix des choses. Aussi, pendant ces six années, chaque enseignement avait-il été une blessure pour elle. Les quatre cent mille francs laissés par feu d'Aldrigger à la maison Nucingen furent portés au crédit de la baronne, car la succession de son mari lui redevait douze cent mille francs ; et dans les moments de gêne, la bergère des Alpes y puisait comme dans une caisse inépuisable. Au moment où notre pigeon s'avançait vers sa colombe, Nucingen, connaissant le caractère de son ancienne patronne, avait dû s'ouvrir à Malvina sur la situation financière où la veuve se trouvait : il n'y avait plus que trois cent mille francs chez lui, les vingt-quatre mille livres de rente se trouvaient donc réduites à dix-huit mille. Wirth avait maintenu la position pendant trois ans ! Après la confidence du banquier, les chevaux furent réformés, la voiture fut vendue et le cocher congédié par Malvina, à l'insu de sa mère. Le mobilier de l'hôtel, qui comptait dix années d'existence, ne put être renouvelé, mais tout s'était fané en même temps. Pour ceux qui aimaient l'harmonie, il n'y avait que demi-mal. La baronne, cette fleur si bien conservée, avait pris l'aspect d'une rose froide et grippée qui reste unique dans un buisson au milieu de novembre. Moi qui vous parle, j'ai vu cette opulence se dégradant par teintes, par demi-tons ! Effroyable ! parole d'honneur. Ç'a été mon dernier chagrin. Après je me suis dit : C'est bête de prendre tant d'intérêt aux autres ! Pendant que j'étais employé, j'avais la sottise de m'intéresser à toutes les maisons où je dînais, je les défendais en cas de médisance, je ne les calomniais pas, je... Oh ! j'étais un enfant. Quand sa fille lui eut expliqué sa position, la ci-devant perle s'écria : — Mes pauvres enfants ! qui donc me fera mes robes ? Je ne pourrai donc plus avoir de bonnets frais, ni recevoir, ni aller dans le monde! — A quoi pensez-vous que se reconnaisse l'amour chez un homme? dit Bixiou en s'interrompant, il s'agit de savoir si Beaudenord était vraiment amoureux de cette petite blonde.

— Il néglige ses affaires, répondit Couture.

— Il met trois chemises par jour, dit Finot.

— Une question préalable? dit Blondet, un homme supérieur peut-il et doit-il être amoureux?

— Mes amis, reprit Bixiou d'un air sentimental, gardons-nous comme d'une bête venimeuse de l'homme qui, se sentant pris d'amour pour une femme, fait claquer ses doigts ou jette son cigare en disant : Bah! il y en a d'autres dans le monde! Mais le gouvernement peut employer ce citoyen dans le Ministère des Affaires Étrangères. Blondet, je te fais observer que ce Godefroid avait quitté la diplomatie.

— Hé! bien, il a été absorbé, l'amour est la seule chance qu'aient les sots pour se grandir, répondit Blondet.

— Blondet, Blondet, pourquoi donc sommes-nous si pauvres? s'écria Bixiou.

— Et pourquoi Finot est-il riche? reprit Blondet; je te le dirai, va, mon fils, nous nous entendons. Allons, voilà Finot qui me verse à boire comme si j'avais monté son bois. Mais à la fin d'un dîner, on doit *siroter* le vin. Eh bien?

— Tu l'as dit, l'absorbé Godefroid fit ample connaissance avec la grande Malvina, la légère baronne et la petite danseuse. Il tomba dans le servantisme le plus minutieux et le plus astringent. Ces restes d'une opulence cadavéreuse ne l'effrayèrent pas. Ah!... bah! il s'habitua par degrés à toutes ces guenilles. Jamais le lampas vert à ornements blancs du salon ne devait paraître à ce garçon ni passé, ni vieux, ni taché, ni bon à remplacer. Les rideaux, la table à thé, les chinoiseries étalées sur la cheminée, le lustre rococo, le tapis façon cachemire qui montrait la corde, le piano, le petit service fleureté, les serviettes frangées et aussi trouées à l'espagnole, le salon de Perse qui précédait la chambre à coucher bleue de la baronne, avec ses accessoires, tout lui fut saint et sacré. Les femmes stupides et chez qui la beauté brille de manière à laisser dans l'ombre l'esprit, le cœur, l'âme, peuvent seules inspirer de pareils oublis, car une femme d'esprit n'abuse jamais de ses avantages, il faut être petite et sotte pour s'emparer d'un homme. Beaudenord, il me l'a dit, aimait le vieux et solennel Wirth ! Ce vieux drôle avait pour son futur maître le respect d'un croyant catholique pour l'Eucharistie. Cet honnête Wirth était un Gaspard allemand, un de ces buveurs de bière qui enveloppent leur finesse de bonhomie, comme un cardinal Moyen-Age, son poignard dans sa manche. Wirth, voyant un mari pour Isaure, entourait Godefroid des ambages et circonlocutions arabesques de sa bonhomie alsacienne, la glu la plus adhérente de toutes les matières collantes. Mme d'Aldrigger était profondément *improper*, elle trouvait l'amour la chose la plus naturelle. Quand Isaure et Malvina sortaient ensemble et allaient aux Tuileries ou aux Champs-Élysées, où elles devaient rencontrer des jeunes gens de leur société, la mère leur disait : — « Amusez-vous bien, mes chères filles ! » Leurs amis, les seuls qui pussent calomnier les deux sœurs, les défendaient ; car l'excessive liberté que chacun avait dans le salon des d'Aldrigger, en faisait un endroit unique à Paris. Avec des millions on aurait obtenu difficilement de pareilles soirées où l'on parlait de tout avec esprit, où la mise soignée n'était pas de rigueur, où l'on était à son aise au point d'y demander à souper. Les deux sœurs écrivaient à qui leur plaisait, recevaient tranquillement des lettres, à côté de leur mère, sans que jamais la baronne eût l'idée de leur demander de quoi il s'agissait. Cette adorable mère donnait à ses filles tous les bénéfices de son égoïsme, la passion la plus aimable du monde, en ce sens que les égoïstes, ne voulant pas être gênés, ne gênent personne, et n'embarrassent point la vie de ceux qui les entourent par les ronces du conseil, par les épines de la remontrance, ni par les taquinages de guêpe que se permettent les amitiés excessives qui veulent tout savoir, tout contrôler...

— Tu me vas au cœur, dit Blondet. Mais, mon cher, tu ne racontes pas, tu *blagues*...

— Blondet, si tu n'étais pas gris, tu me ferais de la peine ! De nous quatre, il est le seul homme sérieusement littéraire ! A cause de lui, je vous fais l'honneur de vous traiter en gourmets, je vous distille mon histoire, et il me critique ! Mes amis, la plus grande marque de stérilité spirituelle est l'entassement des faits. La sublime comédie du *Misanthrope* prouve que l'Art consiste à bâtir un palais sur la pointe d'une aiguille. Le mythe de mon idée est dans la baguette des fées qui peut faire de la plaine des Sablons un *Interlachen*, en dix secondes (le temps de vider ce verre !). Voulez-vous que je vous fasse un récit qui aille comme un boulet de canon, un rapport de général en chef? Nous causons, nous rions ; ce journaliste, bibliophobe à jeun, veut, quand il est ivre, que je donne à ma langue la sotte injure d'un livre (il feignit de pleurer). Malheur à l'imagination française, on veut épointer les aiguilles de sa plaisanterie ! *Dies iræ*. Pleurons Candide, et vive la *Critique de la raison pure! la symbolique*, et les systèmes en cinq volumes compacts, imprimés par des Allemands qui ne les savaient pas à Paris depuis 1750, en quelques mots fins, les diamants de notre intelligence nationale. Blondet mène le convoi de son suicide, lui qui fait dans son journal les derniers mots de tous les grands hommes qui nous meurent sans rien dire !

— Va ton train, dit Finot.

— J'ai voulu vous expliquer en quoi consiste le bonheur d'un homme qui n'est pas actionnaire (une politesse à Couture !). Eh bien ! ne voyez-vous pas maintenant à quel prix Godefroid se procura le bonheur le plus étendu que puisse rêver un jeune homme ?... Il étudiait Isaure pour être sûr d'être compris !... Les choses qui se comprennent les unes les autres doivent être similaires. Or, il n'y a de pareils à eux-mêmes que le néant et l'infini ; le néant est la bêtise, le génie est l'infini. Ces deux amants s'écrivaient les plus stupides lettres du monde en se renvoyant sur du papier parfumé des mots à la mode : *ange! harpe éolienne! avec toi je serai complet! il y a un cœur dans ma poitrine d'homme! faible femme! pauvre moi!* toute la friperie du cœur moderne. Godefroid restait à peine dix minutes dans un salon, il causait sans aucune prétention avec les femmes, elles le trouvèrent alors très spirituel. Il était de ceux qui n'ont d'autre esprit que celui qu'on leur prête. Enfin, jugez de son absorption : Joby, ses chevaux, ses voitures devinrent des choses secondaires dans son existence. Il n'était heureux qu'enfoncé dans sa bonne bergère en face de la baronne, au coin de cette cheminée de marbre vert antique, occupé à voir Isaure, à prendre du thé en causant avec le petit cercle d'amis qui venaient tous les soirs entre onze heures et minuit, rue Joubert, et où on pouvait toujours jouer à la bouillotte sans crainte : j'y ai toujours gagné. Quand Isaure avait avancé son joli petit pied chaussé d'un soulier de satin noir et que Godefroid l'avait longtemps regardé, il restait le dernier et disait à Isaure : — Donne-moi ton soulier... Isaure levait le pied, le posait sur une chaise, ôtait son soulier, le lui donnait en lui jetant un regard, un de ces regards? enfin, vous comprenez ! Godefroid finit par découvrir un grand mystère chez Malvina. Quand du Tillet frappait à la porte, la rougeur vive qui colorait les joues de Malvina, disait : Ferdinand ! En regardant ce tigre à deux pattes, les yeux de la pauvre fille s'allumaient comme un brasier sur lequel afflue un courant d'air ; elle trahissait un plaisir infini quand Ferdinand l'emmenait pour faire un *a parte* près d'une console ou d'une croisée. Comme c'est rare et beau, une femme assez amoureuse pour devenir naïve et laisser lire dans son cœur ! Mon Dieu, c'est aussi rare à Paris, que la fleur qui chante l'est aux Indes. Malgré cette amitié commencée depuis le jour où les d'Aldrigger apparurent chez les Nucingen, Ferdinand n'épousait pas Malvina. Notre féroce ami du Tillet n'avait pas paru jaloux de la cour assidue que Desroches faisait à Malvina, car pour achever de payer sa charge avec une dot qui ne paraissait pas être moindre de cinquante mille écus, il avait feint l'amour, lui homme de Palais! Quoique profondément humiliée de l'insouciance de du Tillet, Malvina l'aimait trop pour lui fermer la porte. Chez cette fille, tout âme, tout sentiment, tout expansion, tantôt la fierté cédait à l'amour, tantôt l'amour offensé laissait la fierté prendre le dessus. Calme et froid, notre ami Ferdinand acceptait cette tendresse, il la respirait avec les tranquilles délices du tigre léchant le sang qui lui teint la gueule; il en venait chercher les preuves, il ne passait pas deux jours sans se montrer rue Joubert. Le drôle possédait alors environ dix-huit cent mille francs, la question de fortune devait être peu de chose à ses yeux, et il avait résisté non seulement à Malvina, mais aux barons de Nucingen et de Rastignac, qui, tous deux, lui avaient fait faire soixante-quinze lieues par jour, à quatre francs de guides, postillon en avant, et sans fil! dans les labyrinthes de leur finesse. Godefroid ne put s'empêcher de parler à sa future belle-sœur de la situation ridicule où elle se trouvait entre un banquier et un avoué. — Vous voulez me sermonner au sujet de Ferdinand, savoir le secret qu'il y a entre nous, dit-elle avec franchise. Cher Godefroid, n'y revenez jamais. La naissance de Ferdinand, ses antécédents, sa fortune n'y sont pour rien, ainsi croyez à quelque chose d'extraordinaire. Cependant à quelques jours de là, Malvina prit Beaudenord à part, et lui dit : — Je ne crois pas M. Desroches honnête homme (ce que c'est que l'instinct de l'amour !), il voudrait m'épouser, et fait la cour à la fille d'un épicier. Je voudrais bien savoir si je suis un pis-aller, si le mariage est pour lui une affaire d'argent. Malgré la profondeur de son esprit, Desroches ne pouvait deviner du Tillet, et il craignait de lui voir épouser Malvina. Donc, le gars s'était ménagé une retraite ; sa position était intolérable, il gagnait à peine, tous frais faits, les intérêts de sa dette. Les femmes ne comprennent rien à ces situations-là. Pour elles, le cœur est toujours millionnaire !

— Mais comme ni Desroches ni du Tillet n'ont épousé Malvina, dit Finot, explique-nous le secret de Ferdinand?

— Le secret, le voici, répondit Bixiou. Règle générale : une jeune personne qui a donné une seule fois son soulier, le refusât-elle pendant dix ans, n'est jamais épousée par celui à qui...

— Bêtise ! dit Blondet en interrompant, on aime aussi parce qu'on a aimé. Le secret, le voici : règle générale, ne vous mariez pas sergent, quand vous pouvez devenir duc de Dantzick et maréchal de France. Aussi voyez quelle alliance a faite du Tillet ! Il a épousé une des filles du comte de Grandville, une des plus vieilles familles de la magistrature française.

— La mère de Desroches avait une amie, reprit Bixiou, une femme de droguiste, lequel droguiste s'était retiré gras d'une fortune. Ces droguistes ont des idées bien saugrenues : pour donner à sa fille une bonne éducation, il l'avait mise dans un pensionnat !... Ce Matifat comptait bien marier sa fille, par la raison deux cent mille francs, en bel et bon argent qui ne sentait pas la drogue.

— Le Matifat de Florine ? dit Blondet.

— Eh bien ! oui, celui de Lousteau, le nôtre, enfin ! Ces Matifat, alors perdus pour nous, étaient venus habiter la rue du Cherche-Midi, le quartier le plus opposé à la rue des Lombards où ils avaient fait fortune. Moi, je les ai cultivés, les Matifat ! Durant mon temps de galère ministérielle, où j'étais serré pendant huit heures de jour entre des niais à vingt-deux carats, j'ai vu des originaux qui m'ont convaincu que l'ombre a des aspérités, et que dans la plus grande platitude on peut rencontrer des angles! Oui, mon cher, tel bourgeois est à tel autre ce que Raphaël est à Natoire. Mme veuve Desroches avait moyenné de longue main ce mariage à son fils, malgré l'obstacle énorme que présentait un certain Cochin, fils de l'associé commanditaire des Matifat, jeune employé au ministère des finances. Aux yeux de M. et Mme Matifat, l'état d'avoué paraissait, selon leur mot, offrir des garanties pour le bonheur d'une femme. Desroches s'était prêté aux plans de sa mère afin d'avoir un pis-aller. Il ménageait donc les droguistes de la rue du Cherche-Midi. Pour vous faire comprendre un autre genre de bonheur, il faudrait vous peindre ces deux négociants mâle et femelle, jouissant d'un jardinet, logés à un beau rez-de-chaussée, s'amusant à regarder un jet d'eau, mince et long comme un épi, qui allait perpétuellement et s'élançait d'une petite table ronde en pierre de liais, située au milieu d'un bassin de six pieds de diamètre, se levant de bon matin pour voir si les fleurs de leur jardin avaient poussé, désœuvrés et inquiets, s'habillant pour s'habiller, s'ennuyant au spectacle, et toujours entre Paris et Luzarches où ils avaient une maison de campagne et où j'ai dîné. Blondet, un jour ils ont voulu me faire poser, je leur ai raconté une histoire depuis neuf heures du soir jusqu'à minuit, une aventure à tiroirs! J'en étais à l'introduction de mon vingt-neuvième personnage (les romans en feuilletons m'ont volé!), quand le père Matifat, qui, en qualité de maître de maison, tenait encore bon, a ronflé comme les autres, après avoir clignoté pendant cinq minutes. Le lendemain, tous m'ont fait des compliments sur le dénoûment de mon histoire. Ces épiciers avaient pour société M. et Mme Cochin, Adolphe Cochin, Mme Desroches, un petit Popinot, droguiste en exercice, qui leur donnait des nouvelles de la rue des Lombards (un homme de ta connaissance, Finot!). Mme Matifat, qui aimait les Arts, achetait des lithographies, des lithochromies, des dessins coloriés, tout ce qu'il y avait de meilleur marché. Le sieur Matifat se distrayait en examinant les entreprises nouvelles et en essayant de jouer quelques capitaux, afin de ressentir des émotions (Florine l'avait guéri du genre Régence). Un seul mot vous fera comprendre la profondeur de mon Matifat. Le bonhomme souhaitait ainsi le bonsoir à ses nièces : « Va te coucher, mes nièces! » Il avait peur, disait-il, de les affliger en leur disant *vous*. Leur fille était une jeune personne sans manières, ayant l'air d'une femme de chambre de bonne maison, jouant tant bien que mal une sonate; ayant une jolie écriture anglaise, sachant le français et l'orthographe, enfin une complète éducation bourgeoise. Elle était assez impatiente d'être mariée, afin de quitter la maison paternelle, où elle s'ennuyait comme un officier de marine au quart de nuit; il faut dire aussi que le quart durait toute la journée. Desroches ou Cochin fils, un notaire ou un garde-du-corps, un faux lord anglais; tout mari lui était bon. Comme évidemment elle ne savait rien de la vie, j'en ai eu pitié, j'ai voulu lui en révéler le grand mystère. Bah! les Matifat m'ont fermé leur porte : les bourgeois et moi nous ne nous comprendrons jamais.

— Elle a épousé le général Gouraud, dit Finot.

En quarante-huit heures, Godefroid de Beaudenord, l'ex-diplomate, devina les Matifat et leur intrigante corruption, reprit Bixiou. Par hasard, Rastignac se trouvait chez la légère baronne à causer au coin du feu pendant que Godefroid faisait son rapport à Malvina. Quelques mots frappèrent son oreille, il devina de quoi il s'agissait, surtout à l'air aigrement satisfait de Malvina. Rastignac resta, lui, jusqu'à deux heures du matin, et l'on dit qu'il est égoïste! Beaudenord partit quand la baronne alla se coucher. « Chère enfant, dit Rastignac à Malvina d'un ton bonhomme et paternel quand ils furent seuls, souvenez-vous qu'un pauvre garçon lourd de sommeil a pris du thé pour rester éveillé jusqu'à deux heures du matin, afin de pouvoir vous dire solennellement : mariez-vous. Ne faites pas la difficile, ne vous occupez pas de vos sentiments, ne pensez pas à l'ignoble calcul des hommes qui ont un pied ici, un pied chez les Matifat, ne réfléchissez à rien : mariez-vous! Pour une fille, se marier, c'est s'imposer à un homme qui prend l'engagement de la faire vivre dans une position plus ou moins heureuse, mais où la question matérielle est assurée. Je connais le monde : jeunes filles, mamans et grand'mères sont toutes hypocrites en démanchant sur le sentiment quand il s'agit de mariage. Aucun ne pense à autre chose qu'à un bel état. Quand sa fille est bien mariée, une mère dit qu'elle a fait une excellente affaire. » Et Rastignac lui développa sa théorie sur le mariage, qui, selon lui, est une société de commerce instituée pour supporter la vie. « Je ne vous demande point votre secret, dit-il en terminant à Malvina, je le sais. Les hommes se disent tout entre eux, comme vous autres quand vous sortez après le dîner. Eh! bien, voici mon dernier mot : mariez-vous. Si vous ne vous mariez pas, souvenez-vous que je vous ai suppliée ici, ce soir, de vous marier! » Rastignac parlait avec un certain accent qui commandait, non pas l'attention, mais la réflexion. Son insistance était de nature à surprendre. Malvina fut alors si bien frappée au vif de l'intelligence, là où Rastignac avait voulu l'atteindre, qu'elle y songeait encore le lendemain, et cherchait inutilement la cause de cet avis

— Je ne vois, dans toutes ces toupies que tu lances, rien qui ressemble à l'origine de la fortune de Rastignac, et tu nous prends pour des Matifat multipliés par six bouteilles de vin de Champagne, s'écria Couture.

— Nous y sommes, s'écria Bixiou. Vous avez suivi le cours de tous les petits ruisseaux qui ont fait les quarante mille livres de rente auxquelles tant de gens portent envie! Rastignac tenait alors entre ses mains le fil de toutes ces existences.

— Desroches, les Matifat, Beaudenord, les d'Aldrigger, d'Aiglemont.

— Et de cent autres!... dit Bixiou.

— Voyons! comment? s'écria Finot. Je sais bien des choses, et je n'entrevois pas le mot de cette énigme.

— Blondet vous a dit en gros les deux premières liquidations de Nucingen, voici la troisième en détail, reprit Bixiou. Dès la paix de 1815, Nucingen avait compris ce que nous ne comprenons qu'aujourd'hui : que l'argent n'est une puissance que quand il est en quantités disproportionnées. Il jalousait secrètement les frères Rothschild. Il possédait cinq millions, il en voulait dix! Avec dix millions, il savait pouvoir en gagner trente, et n'en aurait eu que quinze avec cinq. Il avait donc résolu d'opérer une troisième liquidation! Ce grand homme songeait alors à payer ses créanciers avec des valeurs fictives, en gardant leur argent. Sur la place, une conception de ce genre ne se présente pas sous une expression si mathématique. Une pareille liquidation consiste à donner un petit pâté pour un louis d'or à de grands enfants qui, comme les petits enfants d'autrefois, préfèrent le pâté à la pièce, sans savoir qu'avec la pièce ils peuvent avoir deux cents pâtés.

— Qu'est-ce que tu dis donc là, Bixiou? s'écria Couture, mais rien n'est plus loyal, il ne se passe pas de semaine aujourd'hui que l'on ne présente des pâtés au public en lui demandant un louis. Mais le public est-il forcé de donner son argent? n'a-t-il pas le droit de s'éclairer?

— Vous l'aimeriez mieux contraint d'être actionnaire, dit Blondet.

— Non, dit Finot, où serait le talent?

— C'est bien fort pour Finot, dit Bixiou.

— Qui lui a donné ce mot-là? demanda Couture.

— Enfin, reprit Bixiou, Nucingen avait eu deux fois le bonheur de donner, sans le vouloir, un pâté qui s'était trouvé valoir plus qu'il n'avait reçu. Ce malheureux bonheur lui causait des remords. De pareils bonheurs finissent par tuer un homme. Il attendait depuis dix ans l'occasion de ne plus se tromper, de créer des valeurs qui auraient l'air de valoir quelque chose et qui...

— Mais, dit Couture, en expliquant ainsi la

Banque, aucun commerce n'est possible. Plus d'un loyal banquier a persuadé, sous l'approbation d'un loyal Gouvernement, aux plus fins boursiers de prendre des fonds qui devaient, dans un temps donné, se trouver dépréciés. Vous avez vu mieux que cela! N'a-t-on pas émis, toujours avec l'aveu, avec l'appui des Gouvernements, des valeurs pour payer les intérêts de certains fonds, afin d'en maintenir le cours et pouvoir s'en défaire. Ces opérations ont plus ou moins d'analogie avec la liquidation à la Nucingen.

— En petit, dit Blondet, l'affaire peut paraître singulière; mais en grand, c'est de la haute finance. Il y a des actes arbitraires qui sont criminels d'individu à individu, lesquels arrivent à rien quand ils sont étendus à une multitude quelconque, comme une goutte d'acide prussique devient innocente dans un baquet d'eau. Vous tuez un homme, on vous guillotine. Mais avec une conviction gouvernementale quelconque, vous tuez cinq cents hommes, on respecte le crime politique. Vous prenez cinq mille francs dans mon secrétaire, vous allez au bagne. Mais avec le piment d'un gain à faire habilement mis dans la gueule de mille boursiers, vous les forcez à prendre les rentes de je ne sais quelle république ou monarchie en faillite, émises, comme dit Couture, pour payer les intérêts de ces mêmes rentes : personne ne peut se plaindre. Voilà les vrais principes de l'âge d'or où nous vivons!

— La mise en scène d'une machine si vaste, reprit Bixiou, exigeait bien des polichinelles. D'abord la maison Nucingen avait sciemment et à dessein employé ses cinq millions dans une affaire en Amérique, dont les profits avaient été calculés de manière à revenir trop tard. Elle s'était dégarnie avec préméditation. Toute liquidation doit être motivée. La maison possédait en fonds particuliers et en valeurs émises environ six millions. Parmi les fonds particuliers se trouvaient les trois cent mille de de la baronne d'Aldrigger, les quatre cent mille de Beaudenord, un million à d'Aiglemont, trois cent mille à Matifat, un demi-million à Charles Grandet, le mari de Mlle d'Aubrion, etc. En créant lui-même une entreprise industrielle par actions, avec lesquelles il se proposait de désintéresser ses créanciers au moyen de manœuvres plus ou moins habiles, Nucingen aurait pu être suspecté, mais il s'y prit avec plus de finesse : il fit créer par un autre!... cette machine destinée à jouer le rôle de Mississipi du système de Law. Le propre de Nucingen est de faire servir les plus habiles gens de la place à ses projets, sans les leur communiquer. Nucingen laissa donc échapper devant du Tillet l'idée pyramidale et victorieuse de combiner une entreprise par actions en constituant un capital assez fort pour pouvoir servir de très gros intérêts aux actionnaires pendant les premiers temps. Essayée, pour la première fois, en un moment où des capitaux niais abondaient, cette combinaison devait produire une hausse sur les actions, et par conséquent un bénéfice pour le banquier qui les émettrait. Songez que ceci est du 1826. Quoique frappé de cette idée, aussi féconde qu'ingénieuse, du Tillet pensa naturellement que si l'entreprise ne réussissait pas, il y aurait un blâme quelconque. Aussi suggéra-t-il de mettre en avant un directeur visible de cette machine commerciale. Vous connaissez aujourd'hui le secret de la maison Claparon fondée par du Tillet, une de ses plus belles inventions!...

— Oui, dit Blondet, l'éditeur responsable en finance, l'agent provocateur, le bouc émissaire; mais aujourd'hui nous sommes plus forts, nous mettons : s'adresser à *l'administration de la chose*, telle rue, tel numéro, où le public trouve des employés en casquettes vertes, jolis comme des recors.

— Nucingen avait appuyé la maison Claparon de tout son crédit, reprit Bixiou. On pouvait jeter sans crainte sur quelques places un million de papier Claparon. Du Tillet proposa donc de mettre sa maison Claparon en avant. Adopté. En 1825, l'actionnaire n'était pas gâté dans les conceptions industrielles. Le *fonds de roulement* était inconnu! Les gérants ne s'obligeaient pas à ne point émettre leurs actions bénéficiaires, ils ne déposaient rien à la Banque, ils ne garantissaient rien. On ne daignait pas expliquer la commandite en disant à l'Actionnaire qu'on avait la bonté de ne pas lui demander plus de mille, de cinq cents, ou même de deux cent cinquante francs! On ne publiait pas que l'expérience *in œre publico* ne durerait que sept ans, cinq ans, ou même trois ans, et qu'ainsi le dénoûment ne se ferait pas longtemps attendre. C'était l'enfance de l'art! On n'avait pas même fait intervenir la publicité de ces gigantesques annonces par lesquelles on stimule les imaginations, en demandant de l'argent à tout le monde...

— Cela arrive quand personne n'en veut donner, dit Couture.

— Enfin la concurrence dans ces sortes d'entreprises n'existait pas, reprit Bixiou. Les fabricants de papier mâché, d'impressions sur indiennes, les lamineurs de zinc, les théâtres, les journaux ne se ruaient pas comme des chiens à la curée de l'actionnaire expirant. Les belles affaires par actions, comme dit Couture, si naïvement publiées, appuyées par des rapports de gens experts (les princes de la science!...), se traitaient honteusement dans le silence et dans l'ombre de la Bourse. Les loups-cerviers exécutaient, financièrement parlant, l'air de la calomnie du Barbier de Séville. Ils allaient *piano, piano*, procédant par de légers cancans, sur la bonté de l'affaire, dits d'oreille à oreille. Ils n'exploitaient le patient, l'actionnaire, qu'à domicile, à la Bourse, ou dans le monde, par cette rumeur habilement créée et qui grandissait jusqu'au *tutti* d'une cote à quatre chiffres...

— Mais, quoique nous soyons entre nous et que nous puissions tout dire, je reviens là-dessus, dit Couture.

— Vous êtes orfèvre, monsieur Josse? dit Finot.

— Finot restera classique, constitutionnel et perruque, dit Blondet.

— Oui, je suis orfèvre, reprit Couture, pour le compte de qui Cérizet venait d'être condamné en police correctionnelle. Je soutiens que la nouvelle méthode est infiniment moins traîtresse, plus loyale, moins assassine que l'ancienne. La publicité permet la réflexion et l'examen. Si quelque actionnaire *est gobé*, il est venu de propos délibéré, on ne lui a pas vendu *chat en poche*. L'Industrie...

— Allons, voilà l'Industrie! s'écria Bixiou.

— L'Industrie y gagne, dit Couture sans prendre garde à l'interruption. Tout Gouvernement qui se mêle du Commerce et ne le laisse pas libre, entreprend une coûteuse sottise : il arrive ou au *Maximum* ou au Monopole. Selon moi, rien n'est plus conforme aux principes sur la liberté du commerce que les Sociétés par actions! Y toucher, c'est vouloir répondre du capital et des bénéfices, ce qui est stupide. En toute affaire, les bénéfices sont en proportion avec les risques! Qu'importe à l'État la manière dont s'obtient le mouvement rotatoire de l'argent, pourvu qu'il soit dans une activité perpétuelle! Qu'importe qui est riche, qui est pauvre, s'il y a toujours la même quantité de riches imposables? D'ailleurs, voilà vingt ans que les sociétés par actions, les commandites, primes sous toutes les formes, sont en usage dans le pays le plus commercial du monde, en Angleterre, où tout se conteste, où les Chambres pondent mille ou douze cents lois par session, et où jamais un membre du Parlement ne s'est levé pour parler contre la méthode...

— Curative des coffres pleins, et par les végétaux! dit Bixiou, *les carottes!*

— Voyons? dit Couture enflammé. Vous avez dix mille francs, vous prenez dix actions de chacune *mille* dans dix entreprises différentes. Vous êtes volé neuf fois... (Cela n'est pas! le public est plus fort que qui que ce soit! mais je le suppose), une seule affaire réussit! (par hasard! — D'accord! — On ne l'a pas fait exprès! — Allez! blaguez?) Eh bien! le *ponte* assez sage pour diviser ainsi ses masses, rencontre un superbe placement, comme l'ont trouvé ceux qui ont pris les actions des mines de Wortschin. Messieurs, avouons entre nous que les gens qui crient sont des hypocrites au désespoir de n'avoir ni l'idée d'une affaire, ni la puissance de la proclamer, ni l'adresse de l'exploiter. La preuve ne se fera pas attendre. Avant peu, vous verrez l'Aristocratie, les gens de cour, les Ministériels descendant en colonnes serrées dans la Spéculation, et avançant des mains plus crochues et trouvant des idées plus tortueuses que les nôtres, sans avoir notre supériorité. Quelle tête il faut pour fonder une affaire à une époque où l'avidité de l'actionnaire est égale à celle de l'inventeur? Quel grand magnétiseur doit être l'homme qui crée un Claparon, qui trouve des expédients nouveaux! Savez-vous la morale de ceci? Notre temps vaut mieux que nous! nous vivons à une époque d'avidité où l'on ne s'inquiète pas de la valeur de la chose, si l'on peut y gagner en la repassant au voisin : on la repasse au voisin parce que l'avidité de l'Actionnaire qui croit à un gain, est égale à celle du Fondateur qui le lui propose!

— Est-il beau, Couture, est-il beau! dit Bixiou à Blondet, il va demander qu'on lui élève des statues comme à un bienfaiteur de l'humanité.

— Il faudrait l'amener à conclure que l'argent des sots est de droit divin le patrimoine des gens d'esprit, dit Blandet.

— Messieurs, reprit Couture, rions ici pour

tout le sérieux que nous garderons ailleurs quand nous entendrons parler des respectables bêtises que consacrent les lois faites à l'improviste.

— Il a raison. Quel temps, messieurs, dit Blondet, qu'un temps où dès que le feu de l'intelligence apparaît, on l'éteint vite par l'application d'une loi de circonstance. Les législateurs, partis presque tous d'un petit arrondissement où ils ont étudié la société dans les journaux, renferment alors le feu dans la machine. Quand la machine saute, arrivent les pleurs et les grincements de dents! Un temps où il ne se fait que des lois fiscales et pénales. Le grand mot de ce qui se passe, le voulez-vous? *Il n'y a plus de religion dans l'État!*

— Ah! dit Bixiou, bravo, Blondet! tu as mis le doigt sur la plaie de la France, la Fiscalité, qui a plus ôté de conquêtes à notre pays que les vexations de la guerre. Dans le Ministère où j'ai fait six ans de galères, accouplé avec des bourgeois, il y avait un employé, homme de talent, qui avait résolu de changer tout le système des finances. Ah! bien, nous l'avons joliment dégommé. La France eût été trop heureuse, elle se serait amusée à reconquérir l'Europe, et nous avons agi pour le repos des nations : je l'ai tué par une caricature!

— Quand je dis le mot *religion*, je n'entends pas dire une capucinade, j'entends le mot en grand politique, reprit Blondet.

— Explique-toi, dit Finot.

— Voici, reprit Blondet. On a beaucoup parlé des affaires de Lyon, de la République canonnée dans les rues, personne n'a dit la vérité. La République s'était emparée de l'émeute comme un insurgé s'empare d'un fusil. La vérité, je vous la donne pour drôle et profonde. Le commerce de Lyon est un commerce sans âme, qui ne fait pas fabriquer une aune de soie sans qu'elle soit commandée et que le paiement soit sûr. Quand la commande s'arrête, l'ouvrier meurt de faim, il gagne à peine de quoi vivre en travaillant, les forçats sont plus heureux que lui. Après la révolution de juillet, la misère est arrivée à ce point que les CANUTS ont arboré le drapeau : *Du pain ou la mort!* une de ces proclamations que le gouvernement aurait dû étudier ; elle était produite par la cherté de la vie à Lyon. Lyon veut bâtir des théâtres et devenir une capitale, de là des octrois insensés. Les républicains ont flairé cette révolte à propos du pain, et ils ont organisé les *Canuts* qui se sont battus en partie double. Lyon a eu ses trois jours, mais tout est rentré dans l'ordre, et le Canut dans son taudis. Le Canut, probe jusque-là, rendant en étoffe la soie qu'on lui pesait en bottes, a mis la probité à la porte en songeant que les négociants le victimaient, et a mis de l'huile à ses doigts : il a rendu poids pour poids, mais il a vendu la soie représentée par l'huile, et le commerce des soieries françaises a été infesté d'*étoffes graissées*, ce qui aurait pu entraîner la perte de Lyon et celle d'une branche de commerce français. Les fabricants et le gouvernement, au lieu de supprimer la cause du mal, ont fait, comme certains médecins, rentrer le mal par un violent topique. Il fallait envoyer à Lyon un homme habile, un de ces gens qu'on appelle immoraux, un abbé Terray, mais l'on a vu le côté militaire! Les troubles ont donc produit les gros de Naples à quarante sous l'aune. Ces gros de Naples sont aujourd'hui vendus, on peut le dire, et les fabricants ont sans doute inventé je ne sais quel moyen moyen de contrôle. Ce système de fabrication sans prévoyance devait arriver dans un pays où RICHARD LENOIR, un des plus grands citoyens que la France ait eus, s'est ruiné pour avoir fait travailler six mille ouvriers sans commande, les avoir nourris, et avoir rencontré des ministres assez stupides pour le laisser succomber à la révolution que 1814 a faite dans le prix des tissus. Voilà le seul cas où le négociant mérite une statue. Eh bien! cet homme est aujourd'hui d'une souscription sans souscripteurs, tandis que l'on a donné un million aux enfants du général Foy. Lyon est conséquent : il connaît la France, elle est sans aucun sentiment religieux. L'histoire de Richard Lenoir est une de ces fautes que Fouché trouvait pires qu'un crime.

— Si dans la manière dont les affaires se présentent, reprit Couture en se remettant au point où il était avant l'interruption, il y a une teinte de charlatanisme, mot devenu flétrissant et mis à cheval sur le mur mitoyen du juste et de l'injuste, car je demande où commence, où finit le charlatanisme, ce qu'est le charlatanisme? Faites-moi l'amitié de me dire qui n'est pas charlatan! Voyons? un peu de bonne foi, l'ingrédient social le plus rare! Le commerce qui consisterait à aller chercher la nuit ce qu'on vendrait dans la journée serait un non-sens. Un marchand d'allumettes a l'instinct de l'accaparement. Accaparer la marchandise est la pensée du boutiquier de la rue Saint-Denis *dit* le plus vertueux, comme du spéculateur *dit* le plus effronté. Quand les magasins sont pleins, il y a nécessité de vendre. Pour vendre, il faut allumer le chaland, de là l'enseigne du moyen âge et aujourd'hui le prospectus ! Entre appeler la pratique et la forcer d'entrer, de consommer, je ne vois pas la différence d'un cheveu ! Il peut arriver, il doit arriver, il arrive souvent que des marchands attrapent des marchandises avariées, car le vendeur trompe incessamment l'acheteur. Eh bien ! consultez les plus honnêtes gens de Paris, les notables commerçants enfin?... tous vous raconteront triomphalement la rouerie qu'ils ont alors inventée pour écouler leur marchandise quand on la leur avait vendue mauvaise. La fameuse maison Minard a commencé par des ventes de ce genre. La rue Saint-Denis ne vous vend qu'une robe de soie graissée, elle ne peut que cela. Les plus vertueux négociants vous disent de l'air le plus candide ce mot de l'improbité la plus effrénée : *On se tire d'une mauvaise affaire comme on peut.* Blondet vous a fait voir les affaires de Lyon dans leurs causes et leurs suites ; moi, je vais à l'application de ma théorie par une anecdote. Un ouvrier en laine, ambitieux et criblé d'enfants par une femme trop aimée, croit à la République. Mon gars achète de la laine rouge, et fabrique ces casquettes en laine tricotée que vous avez pu voir sur la tête de tous les gamins de Paris, et vous allez savoir pourquoi. La République est vaincue. Après l'affaire de Saint-Méry, les casquettes étaient invendables. Quand un ouvrier se trouve dans son ménage avec femme, enfants et dix mille casquettes en laine rouge dont ne veulent plus les chapeliers d'aucun bord, il lui passe par la tête autant d'idées qu'il en peut venir à un banquier bourré de dix millions d'actions à placer dans une affaire dont il se défie. Savez-vous ce qu'a fait l'ouvrier, ce law faubourien, ce Nucingen des casquettes? Il est allé trouver un dandy d'estaminet, un de ces farceurs qui font le désespoir des sergents de ville dans les bals champêtres aux Barrières, et l'a prié de jouer le rôle d'un capitaine américain pacotilleur, logé hôtel Meurice, d'aller *désirer* dix mille casquettes en laine rouge, chez un riche chapelier qui en avait encore une dans son étalage. Le chapelier flaire une affaire avec l'Amérique, accourt chez l'ouvrier, et se rue au comptant sur les casquettes.

Vous comprenez : plus de capitaine américain, mais beaucoup de casquettes. Attaquer la liberté commerciale à cause de ces inconvénients, ce serait attaquer la Justice sous prétexte qu'il y a des délits qu'elle ne punit pas, ou accuser la Société d'être mal organisée à cause des malheurs qu'elle engendre ! Des casquettes et de la rue Saint-Denis, aux actions et à la Banque, concluez !

— Couture, une couronne ! dit Blondet en lui mettant sa serviette tortillée sur sa tête. Je vais plus loin, messieurs. S'il y a vice dans la théorie actuelle, à qui la faute ? à la Loi ! à la Loi prise dans son système entier, à la législation ! à ces grands hommes d'Arrondissement que la Province envoie bouffis d'idées morales, idées indispensables dans la conduite de la vie à moins de se battre avec la justice, mais stupides dès qu'elles empêchent un homme de s'élever à la hauteur où doit se tenir le législateur. Que les lois interdisent aux passions tel ou tel développement (le jeu, la loterie, les Ninons de la borne, tout ce que vous voudrez), elles n'extirperont jamais les passions. Tuer les passions, ce serait tuer la Société, qui, si elle ne les engendre pas, du moins les développe. Ainsi vous entravez par des restrictions l'envie de jouer qui gît au fond de tous les cœurs, chez la jeune fille, chez l'homme de province, comme chez le diplomate, car tout le monde souhaite une fortune *gratis*, le Jeu s'exerce aussitôt en d'autres sphères. Vous supprimez stupidement la Loterie, les cuisinières n'en volent pas moins leurs maîtres, elles portent leurs vols à une Caisse d'Épargne, et la mise est pour elles de deux cent cinquante francs au lieu d'être de quarante sous, car les actions industrielles, les commandites, deviennent la Loterie, le Jeu sans tapis, mais avec un râteau invisible et un *refait* calculé. Les Jeux sont fermés, la Loterie n'existe plus, voilà la France bien plus morale, crient les imbéciles, comme s'ils avaient supprimé les *pontes !* On joue toujours ! seulement le bénéfice n'est plus à l'État, qui remplace un impôt payé avec plaisir par un impôt gênant, sans diminuer les suicides, car le joueur ne meurt pas, mais bien sa victime ! Je ne vous parle pas des capitaux à l'étranger, perdus pour la France, ni des loteries de Francfort, contre le colportage desquelles la Convention avait décerné la peine de mort, et auquel se livraient les procureurs-syndics ! Voilà le sens de la niaise philanthropie de notre législateur. L'encouragement donné aux Caisses d'Épargne est une grosse sottise politique. Supposez une inquiétude quelconque sur la marche des affaires, le gouvernement aura créé la *queue de l'argent*, comme on a créé dans la Révolution la *queue du pain*. Autant de caisses, autant d'émeutes. Si dans un coin trois gamins arborent un seul drapeau, voilà une révolution. Un grand politique doit être un scélérat abstrait, sans quoi les Sociétés sont mal menées. Un politique honnête homme est une machine à vapeur qui sentirait, ou un pilote qui ferait l'amour en tenant la barre : le bateau sombre. Un premier ministre qui prend cent millions et qui rend la France grande et heureuse, n'est-il pas préférable à un ministre enterré aux frais de l'État, mais qui a ruiné son pays ? Entre Richelieu, Mazarin, Potemkin, riches tous trois à chaque époque de trois cents millions, et le vertueux Robert Lindet, qui n'a su tirer parti ni des assignats, ni des Biens Nationaux, ou les vertueux imbéciles qui ont perdu Louis XVI, hésiteriez-vous ?

— Va ton train, Bixiou.

— Je ne vous expliquerai pas, reprit Bixiou, la nature de l'entreprise inventée par le génie financier de Nucingen, ce serait d'autant plus inconvenant qu'elle existe encore aujourd'hui, ses actions sont cotées à la Bourse ; les combinaisons étaient si réelles, l'objet de l'entreprise si vivace que, créées au capital nominal de mille francs, établies par une Ordonnance royale, descendues à trois cents francs, elles ont remonté à sept cents francs, et arriveront au pair après avoir traversé les orages des années 27, 30 et 32. La crise financière de 1827 les fit fléchir, la Révolution de Juillet les abattit, mais l'affaire a des réalités dans le ventre (Nucingen ne saurait inventer une mauvaise affaire). Enfin, comme plusieurs maisons de banque du premier ordre y ont participé, il ne serait pas parlementaire d'entrer dans plus de détails. Le capital nominal fut de dix millions, capital réel sept, trois millions appartenaient aux fondateurs et aux banquiers chargés de l'émission des actions. Tout fut calculé pour faire arriver dans les six premiers mois l'action à gagner de deux cents francs, par la distribution d'un faux dividende. Donc vingt pour cent sur dix millions. L'intérêt de du Tillet fut de cinq cent mille francs. Dans le vocabulaire financier, ce gâteau s'appelle *part à goinfre!* Nucingen se proposait d'opérer avec ses millions faits d'une main de papier rose à l'aide d'une pierre lithographique, de jolies petites actions à placer, précieusement conservées dans son cabinet. Les actions réelles allaient servir à fonder l'affaire, acheter un magnifique hôtel et commencer les opérations. Nucingen se trouvait encore des actions dans je ne sais quelles mines de plomb argentifère, dans des mines de houille et dans deux canaux, actions bénéficiaires accordées pour la mise en scène de ces quatre entreprises en pleine activité, supérieurement montées et en faveur, au moyen du dividende pris sur le capital. Nucingen pouvait compter sur un *agio* si les actions montaient, mais le baron le négligea dans ses calculs, il le laissait à fleur d'eau, sur la place, afin d'attirer les poissons ! Il avait donc massé ses valeurs, comme Napoléon massait ses troupiers, afin de liquider durant la crise qui se dessinait et qui révolutionna, en 26 et 27, les places européennes. S'il avait eu son prince de Wagram, il aurait pu dire comme Napoléon du haut du Santon : « Examinez bien la place, tel jour, à telle heure, il y aura là des fonds répandus ! » Mais à qui pouvait-il se confier ? Du Tillet ne soupçonna pas son compérage involontaire. Les deux premières liquidations avaient démontré à notre puissant baron la nécessité de s'attacher un homme qui pût lui servir de piston pour agir sur le créancier. Nucingen n'avait point de neveu, n'osait prendre de confident, il lui fallait un homme dévoué, un Claparon intelligent, doué de bonnes manières, un véritable diplomate, un homme digne d'être ministre et digne de lui. Pareilles liaisons ne se forment ni en un jour, ni en un an. Rastignac avait alors été si bien entortillé par le baron que, comme le prince de la Paix, qui était autant aimé par le roi que par la reine d'Espagne, il croyait avoir conquis dans Nucingen une précieuse dupe. Après avoir ri d'un homme dont la portée lui fut longtemps inconnue, il avait fini par lui vouer un culte grave et sérieux en reconnaissant en lui la force qu'il croyait posséder seul. Dès son début à Paris, Rastignac fut conduit à mépriser la société tout entière. Dès 1820, il pensait, comme le baron, qu'il n'y a que des apparences d'honnête homme, et il regardait le monde comme la réunion de toutes les corruptions, de toutes les friponneries. S'il admettait des exceptions, il condamnait la masse : il ne croyait à aucune vertu, mais à des circonstances où l'homme est vertueux. Cette science fut l'affaire d'un moment ; elle fut acquise au sommet du Père-Lachaise, le jour où il y conduisait un pauvre honnête homme, le père de sa Delphine, mort la dupe de notre société, des sentiments les plus vrais, et abandonné par ses filles et par ses gendres. Il résolut de jouer tout ce monde, et de s'y tenir un grand costume de vertu, de probité, de belles manières. L'Égoïsme arma de pied en cap ce jeune noble. Quand le gars trouva Nucingen revêtu de la même armure, il l'estima comme au moyen âge, dans un tournoi, un chevalier damasquiné de la tête aux pieds, monté sur un barbe, eût estimé son adversaire houzé, monté comme lui. Mais il s'amollit pendant quelque temps dans les délices de Capoue. L'amitié d'une femme comme la baronne de Nucingen est de nature à faire abjurer tout égoïsme. Après avoir été trompée une première fois dans ses affections en rencontrant une mécanique de Birmingham, comme était feu de Marsay, Delphine dut éprouver, pour un homme jeune et plein des religions de la province, un attachement sans bornes. Cette tendresse a réagi sur

Rastignac. Quand Nucingen eut passé à l'ami de sa femme le harnais que tout exploitant met à son exploité, ce qui arriva précisément au moment où il méditait sa troisième liquidation, il lui confia sa position, en lui montrant comme une obligation de son intimité, comme une réparation, le rôle de compère à prendre et à jouer. Le baron jugéa dangereux d'initier son collaborateur conjugal à son plan. Rastignac crut à un malheur, et le baron lui laissa croire qu'il sauvait la boutique. Mais quand un écheveau a tant de fils, il s'y fait des nœuds. Rastignac trembla pour la fortune de Delphine ; il stipula l'indépendance de la baronne, en exigeant une séparation de biens, en se jurant à lui-même de solder son compte avec elle en lui triplant sa fortune. Comme Eugène ne parlait pas de lui-même, Nucingen le supplia d'accepter, en cas de réussite complète, vingt-cinq actions de mille francs chacune dans les mines de plomb argentière, que Rastignac prit pour ne pas l'offenser ! Nucingen avait seriné Rastignac la veille de la soirée où notre ami disait à Malvina de se marier. A l'aspect des cent familles heureuses qui allaient et venaient dans Paris, tranquilles sur leur fortune, les Godefroid de Beaudenord, les d'Aldrigger, les d'Aiglemont, etc., il prit à Rastignac un frisson comme à un jeune général qui pour la première fois contemple une armée avant la bataille. La pauvre petite Isaure et Godefroid, jouant à l'amour, ne représentaient-ils pas Acis et Galathée sous le rocher que le gros Polyphème va faire tomber sur eux?...

— Ce singe de Bixiou, dit Blondet, il a presque du talent.

— Ah ! je me marivaude donc plus, dit Bixiou jouissant de son succès et regardant ses auditeurs surpris. — Depuis deux mois, reprit-il après cette interruption, Godefroid se livrait à tous les petits bonheurs d'un homme qui se marie. On ressemble alors à ces oiseaux qui font leurs nids au printemps, vont et viennent, ramassent des brins de paille, les portent dans leur bec, et cotonnent le domicile de leurs œufs. Le futur d'Isaure avait loué rue de la Planche un petit hôtel de mille écus, commode, convenable, ni trop grand, ni trop petit. Il allait tous les matins voir les ouvriers travaillant, et y surveiller les peintures. Il y avait introduit le *comfort*, la seule bonne chose qu'il y ait en Angleterre : calorifère pour maintenir une température égale dans la maison ; mobilier bien choisi, ni trop brillant, ni trop élégant ; couleurs fraîches et douces à l'œil, stores intérieurs et extérieurs à toutes les croisées ; argenterie, voitures neuves. Il avait fait arranger l'écurie, la sellerie, les remises où Toby, Joby, Paddy se démenait et frétillait comme une marmotte déchaînée, en paraissant très heureux de savoir qu'il y aurait des femmes au logis et une *lady !* Cette passion de l'homme qui se met en ménage, qui choisit des pendules, qui vient chez sa future les poches pleines d'échantillons d'étoffes, la consulte sur l'ameublement de la chambre à coucher, qui va, vient, trotte, quand il va, vient et trotte animé par l'amour, est une des choses qui réjouissent le plus un cœur honnête et surtout les fournisseurs. Et comme rien ne plaît plus au monde que le mariage d'un joli jeune homme de vingt-sept ans avec une charmante personne de vingt ans qui danse bien, Godefroid, embarrassé pour la corbeille, invita Rastignac et Mme de Nucingen à déjeuner, pour les consulter sur cette affaire majeure. Il eut l'excellente idée de prier son cousin d'Aiglemont et sa femme, ainsi que Mme de Serisy. Les femmes du monde aiment assez à se dissiper une fois par hasard chez les garçons, à y déjeuner.

— C'est leur école buissonnière, dit Blondet.

— On devait aller voir rue de la Planche le petit hôtel des futurs époux, reprit Bixiou. Les femmes sont pour ces petites expéditions comme les ogres pour la chair fraîche, elles rafraîchissent leur présent de cette jeune joie qui n'est pas encore flétrie par la jouissance. Le couvert fut mis dans le petit salon qui, pour l'enterrement de la vie de garçon, fut paré comme un cheval de cortège. Le déjeuner fut commandé de manière à offrir ces jolis petits plats que les femmes aiment à manger, croquer, sucer le matin, temps où elles ont un effroyable appétit, sans vouloir l'avouer, car il semble qu'elles se compromettent en disant : J'ai faim ! — Et pourquoi tout seul, dit Godefroid en voyant arriver Rastignac. — Mme de Nucingen est triste, je te conterai tout cela, répondit Rastignac qui avait une tenue d'homme contrarié. — De la brouille ?... s'écria Godefroid. — Non, dit Rastignac. A quatre heures, les femmes envolées au bois de Boulogne, Rastignac resta dans le salon, et il regarda mélancoliquement par la fenêtre Toby, Joby, Paddy, qui se tenait audacieusement devant le cheval attelé au tilbury, les bras croisés comme Napoléon ; il ne pouvait pas le tenir en bride autrement que par sa voix clairette, et le cheval craignait Joby, Toby. — Eh ! bien, qu'as-tu mon cher ami, dit Godefroid à Rastignac, tu es sombre, inquiet, ta gaieté n'est pas franche. Le bonheur incomplet te tiraille l'âme ! Il est en effet bien triste de ne pas être marié à la Mairie et à l'Église avec la femme que l'on aime. — As-tu du courage, mon cher, pour entendre ce que j'ai à te dire, et saurais-tu reconnaître à quel point il faut s'attacher à quelqu'un pour commettre l'indiscrétion dont je vais me rendre coupable ? lui dit Rastignac de ce ton qui ressemble à un coup de fouet. — Quoi, dit Godefroid en pâlissant. — J'étais triste de ta joie, et je n'ai pas le cœur, en voyant tous ces apprêts, ce bonheur en fleur, de garder un secret pareil. — Dis donc en trois mots. — Jure-moi sur l'honneur que tu seras en ceci muet comme une tombe. — Comme une tombe. — Que si l'un de tes proches était intéressé dans ce secret, il ne le saurait pas. — Pas. — Eh bien ! Nucingen est parti cette nuit pour Bruxelles, il faut déposer si l'on ne peut pas liquider. Delphine vient de demander ce matin même au Palais sa séparation de biens. Tu peux encore sauver ta fortune. — Comment? dit Godefroid en se sentant un sang de glace dans les veines. — Écris tout simplement au baron de Nucingen une lettre antidatée de quinze jours, par laquelle tu lui donnes l'ordre de t'employer tous tes fonds en actions (et il lui nomma la société Claparon). Tu as quinze jours, un mois, trois mois, peut-être pour les vendre au-dessus du prix actuel, elles gagneront encore. — Mais d'Aiglemont qui déjeunait avec nous, d'Aiglemont qui a chez Nucingen un million. — Écoute, je ne sais pas s'il se trouve assez de ces actions pour le couvrir, et puis, je ne suis pas son ami, je ne puis pas trahir les secrets de Nucingen, tu ne dois pas lui en parler. Si tu dis un mot, tu me réponds des conséquences. Godefroid resta pendant dix minutes dans la plus parfaite immobilité. — Acceptes-tu, oui ou non, lui dit impitoyablement Rastignac. Godefroid prit une plume et de l'encre, il écrivit et signa la lettre que lui dicta Rastignac. — Mon pauvre cousin! s'écria-t-il. — Chacun pour soi, dit Rastignac. Et d'un de chambré! ajouta-t-il en quittant Godefroid. Pendant que Rastignac manœuvrait dans

Paris, voilà quel aspect présentait la Bourse. J'ai un ami de province, une bête qui me demandait en passant à la Bourse, entre quatre et cinq heures, pourquoi ce rassemblement de causeurs qui vont et viennent, ce qu'ils peuvent se dire, et pourquoi se promener après l'irrévocable fixation du cours des Effets publics. — « Mon ami, lui dis-je, ils ont mangé, ils digèrent ; pendant la digestion, ils font des cancans sur le voisin, sans cela pas de sécurité commerciale à Paris. Là se lancent les affaires, et il y a tel homme, Palma, par exemple, dont l'autorité est semblable à celle d'Arago à l'Académie royale des Sciences. Il dit que la spéculation se fasse, et la spéculation est faite ! »

— Quel homme, messieurs, dit Blondet, que ce juif qui possède une instruction non pas universitaire, mais universelle. Chez lui, l'universalité n'exclut pas la profondeur ; ce qu'il sait, il le sait à fond ; son génie est intuitif en affaires ; c'est le grand référendaire des loups-cerviers qui dominent la place de Paris, et qui ne font une entreprise que quand Palma l'a examinée. Il est grave, il écoute, il étudie, il réfléchit, et dit à son interlocuteur qui, vu son attention, le croit empaumé ;

— Cela ne me va pas. Ce que je trouve de plus extraordinaire, c'est qu'après avoir été dix ans associé de Werbrust, il ne s'est jamais élevé de nuages entre eux.

— Ça n'arrive qu'entre gens très forts et très faibles ; tout ce qui est entre les deux se dispute et ne tarde pas à se séparer ennemis, dit Couture.

— Vous comprenez, dit Bixiou, que Nucingen avait savamment et d'une main habile, lancé sous les colonnes de la Bourse un petit obus qui éclata sur les quatre heures. — Savez-vous une nouvelle grave, dit du Tillet à Werbrust en l'attirant dans un coin, Nucingen est à Bruxelles, sa femme a présenté au Tribunal une demande en séparation de biens. — Êtes-vous son compère pour une liquidation ? dit Werbrust en souriant. — Pas de bêtises, Werbrust, dit du Tillet, vous connaissez les gens qui ont de son papier, écoutez-moi, nous avons une affaire à combiner. Les actions de notre nouvelle société gagnent vingt pour cent, elles gagneront vingt-cinq fin du trimestre, vous savez pourquoi, on distribue un magnifique dividende. — Finaud, dit Werbrust, allez, allez votre train, vous êtes un diable qui avez les griffes longues, pointues, et vous les plongez dans du beurre. — Mais laissez-moi donc dire, ou nous n'aurons pas le temps d'opérer. Je viens de trouver mon idée en apprenant la nouvelle, et j'ai positivement vu Mme de Nucingen dans les larmes, elle a peur pour sa fortune. — Pauvre petite! dit Werbrust d'un air ironique. Eh bien! reprit l'ancien juif d'Alsace en interrogeant du Tillet qui se taisait. — Eh bien! il y a chez moi mille actions de mille francs que Nucingen m'a remises à placer, comprenez-vous? — Bon! — Achetons à dix, à vingt pour cent de remise, du papier de la maison Nucingen pour un million, nous gagnerons une belle prime sur ce million, car nous serons créanciers et débiteurs, la confusion s'opérera! mais agissons finement, les détenteurs pourraient croire que nous manœuvrons dans les intérêts de Nucingen. Werbrust comprit alors le tour à faire et serra la main de du Tillet en lui jetant le regard d'une femme qui fait une niche à sa voisine. — Eh bien! vous savez la nouvelle, leur dit Martin Falleix, la maison Nucingen suspend? — Bah! répondit Werbrust, n'ébruitez donc pas cela, laissez les gens qui ont de son papier faire leurs affaires. — Savez-vous la cause du désastre?...

dit Claparon en intervenant. — Toi, tu ne sais rien, lui dit du Tillet, il n'y aura pas le moindre désastre, il y aura un paiement intégral. Nucingen recommencera les affaires et trouvera des fonds tant qu'il en voudra chez moi. Je sais la cause de la suspension : il a disposé de tous ses capitaux en faveur du Mexique qui lui retourne des métaux, des canons espagnols si sottement fondus qu'il s'y trouve de l'or, des cloches, des argenteries d'église, toutes les démolitions de la monarchie espagnole dans les Indes. Le retour de ces valeurs tarde. Le cher baron est gêné, voilà tout. — C'est vrai, dit Werbrust, je prends son papier à vingt pour cent d'escompte. La nouvelle circula dès lors avec la rapidité du feu sur une meule de paille. Les choses les plus contradictoires se disaient. Mais il y avait une telle confiance en la maison Nucingen, toujours à cause des deux précédentes liquidations, que tout le monde gardait le papier Nucingen. — Il faut que Palma nous donne un coup de main, dit Werbrust. Palma était l'oracle des Keller, gorgés de valeurs Nucingen. Un mot d'alarme dit par lui suffisait. Werbrust obtint de Palma qu'il sonnât un coup de cloche. Le lendemain, l'alarme régnait à la Bourse. Les Keller conseillés par Palma cédèrent leurs valeurs à dix pour 100 de remise, et firent autorité à la Bourse : on les savait très fins. Taillefer donna dès lors trois cent mille francs à vingt pour cent, Martin Falcix deux cent mille à quinze pour cent. Gigonnet devina le coup ! Il chauffa la panique afin de se procurer du papier Nucingen pour gagner quelque deux ou trois pour cent en le cédant à Werbrust. Il avise, dans un coin de la Bourse, le pauvre Matifat, qui avait trois cent mille francs chez Nucingen. Le droguiste, pâle et blême, ne vit pas sans frémir le terrible Gigonnet, l'escompteur de son ancien quartier, venant à lui pour le scier en deux. — Ça va mal, la crise se dessine. Nucingen arrange ! mais ça ne vous regarde pas, père Matifat, vous êtes retiré des affaires. — Eh bien ! vous vous trompez, Gigonnet, je suis pincé de trois cent mille francs avec lesquels je voulais opérer sur les rentes d'Espagne. — Ils sont sauvés, les rentes d'Espagne vous auraient tout dévoré, tandis que je vous donnerai quelque chose de votre compte chez Nucingen, comme cinquante pour cent. — J'aime mieux voir venir la liquidation, répondit Matifat, jamais un banquier n'a donné moins de cinquante pour cent. Ah ! s'il ne s'agissait que de dix pour cent de perte, dit l'ancien droguiste. — Eh ! bien, voulez-vous à quinze ? dit Gigonnet. — Vous me paraissez bien pressé, dit Matifat. — Bonsoir, dit Gigonnet. — Voulez-vous à douze ? — Soit, dit Gigonnet. Deux millions furent rachetés le soir et balancés chez Nucingen par du Tillet, pour le compte de ces trois associés fortuits, qui le lendemain touchèrent leur prime. La vieille, jolie petite baronne d'Aldrigger déjeunait avec ses deux filles et Godefroid, lorsque Rastignac vint d'un air diplomatique engager la conversation sur la crise financière. Le baron de Nucingen avait une vive affection pour la famille d'Aldrigger, il s'était arrangé, en cas de malheur, pour couvrir le compte de la baronne par ses meilleures valeurs, des actions dans les mines de plomb argentifère ; mais pour la sûreté de la baronne, elle devait le prier d'employer ainsi les fonds. — Ce pauvre Nucingen, dit la baronne, et que lui arrive-t-il donc ? — Il est en Belgique ; sa femme demande une séparation de biens ; mais il est allé chercher des ressources chez des banquiers. — Mon Dieu, cela me rappelle mon pauvre mari ! Cher monsieur de Rastignac, comme cela doit vous faire mal, à vous si attaché à cette maison-là. — Pourvu que tous les indifférents soient à l'abri, ses amis seront récompensés plus tard, il s'en tirera, c'est un homme habile. — Un honnête homme, surtout, dit la baronne. Au bout d'un mois, la liquidation du passif de la maison Nucingen était opérée, sans autres procédés que les lettres par lesquelles chacun demandait l'emploi de son argent en valeurs désignées et sans autres formalités de la part des maisons de banque que la remise des valeurs Nucingen contre les actions qui prenaient faveur. Pendant que du Tillet, Werbrust, Claparon, Gigonnet et quelques gens, qui se croyaient fins, faisaient revenir de l'Étranger avec un pour cent de prime le papier de la maison Nucingen, car ils gagnaient encore à l'échanger contre les actions en hausse, la rumeur était d'autant plus grande sur la place de Paris, que personne n'avait plus rien à craindre. On babillait sur Nucingen, on l'examinait, on le jugeait, on trouvait moyen de le calomnier! Son luxe, ses entreprises! Quand un homme en fait autant, il se coule, etc. Au plus fort de ce *tutti*, quelques personnes furent très étonnées de recevoir des lettres de Genève, de

Bâle, de Milan, de Naples, de Gênes, de Marseille, de Londres, dans lesquelles leurs correspondants annonçaient, non sans étonnement, qu'on leur offrait un pour cent de prime du papier de Nucingen de qui elles leur mandaient la faillite. — Il se passe quelque chose, dirent les Loups-Cerviers. Le Tribunal avait prononcé la séparation de biens entre Nucingen et sa femme. La question se compliqua bien plus encore : les journaux annoncèrent le retour de M. le baron de Nucingen, lequel était allé s'entendre avec un célèbre industriel de la Belgique, pour l'exploitation d'anciennes mines de charbon de terre, alors en souffrance, les fosses des bois de Bossut. Le baron reparut à la Bourse, sans seulement prendre la peine de démentir les rumeurs calomnieuses qui avaient circulé sur sa maison, il dédaigna de réclamer par la voie des journaux, il acheta pour deux millions un magnifique domaine aux portes de Paris. Six semaines après, le journal de Bordeaux annonça l'entrée en rivière de deux vaisseaux chargés, pour le compte de la maison Nucingen, de métaux dont la valeur était de sept millions. Palma, Werbrust et du Tillet comprirent que le tour était fait, mais ils furent les seuls à le comprendre. Ces écoliers étudièrent la mise en scène de ce *puff* financier, reconnurent qu'il était préparé depuis onze mois, et proclamèrent Nucingen le plus grand financier européen. Rastignac n'y comprit rien, mais il y avait gagné quatre cent mille francs que Nucingen lui avait laissé tondre sur les brebis parisiennes, et avec lesquels il a doté ses deux sœurs. D'Aiglemont, averti par son cousin Beaudenord, était venu supplier Rastignac d'accepter dix pour cent de son million, s'il lui faisait obtenir l'emploi du million en actions sur un canal qui est encore à faire, car Nucingen a si bien roulé le Gouvernement dans cette affaire-là que les concessionnaires du canal ont intérêt à ne pas le finir. Charles Grandet a imploré l'amant de Delphine de lui faire échanger son argent contre des actions. Enfin, Rastignac a joué pendant dix jours le rôle de Law supplié par les plus jolies duchesses de leur donner des actions, et aujourd'hui le gars peut avoir quarante mille livres de rente dont l'origine vient des actions dans les mines de plomb argentifères.

— Si tout le monde gagne, qui donc a perdu? dit Finot.

— Conclusion, reprit Bixiou. Alléchés par le

pseudo-dividende qu'ils touchèrent quelques mois après l'échange de leur argent contre les actions, le marquis d'Aiglemont et Beaudenord les gardèrent (je vous les pose pour tous les autres), ils avaient trois pour cent de plus de leurs capitaux, ils chantèrent les louanges de Nucingen, et le défendirent au moment même où il fut soupçonné de suspendre ses paiements. Godefroid épousa sa chère Isaure, et reçut pour cent mille francs d'actions dans les mines. A l'occasion de ce mariage, les Nucingen donnèrent un bal dont la magnificence surpassa l'idée qu'on s'en faisait. Delphine offrit à la jeune mariée une charmante parure en rubis. Isaure dansa, non plus en jeune fille, mais en femme heureuse. La petite baronne fut plus que jamais bergère des Alpes. Malvina, la femme d'*Avez-vous vu dans Barcelone?* entendit au milieu de ce bal du Tillet lui conseillant sèchement d'être Mme Desroches. Desroches, chauffé par les Nucingen, par Rastignac, essaya de traiter les affaires d'intérêt ; mais aux premiers mots d'actions des mines données en dot, il rompit, et se retourna vers les Matifat. Rue du Cherche-Midi, l'avoué trouva les damnées actions sur les canaux que Gigonnet avait fourrées à Matifat au lieu de lui donner de l'argent. Vois-tu Desroches rencontrant le râteau de Nucingen sur les deux dots qu'il avait couchées en joue. Les catastrophes ne se firent pas attendre. La société Claparon fit trop d'affaires, il y eut engorgement, elle cessa de servir les intérêts et de donner des dividendes, quoique ses opérations fussent excellentes. Ce malheur se combina avec les événements de 1827. En 1829, Claparon était trop connu pour être l'homme de paille de ces deux colosses, et il roula de son piédestal à terre. De douze cent cinquante francs, les actions tombèrent à quatre cents francs, quoiqu'elles valussent intrinsèquement six cents francs. Nucingen, qui connaissait leur prix intrinsèque, racheta. La petite baronne d'Aldrigger avait vendu ses actions dans les mines qui ne rapportaient rien, et Godefroid vendit celles de sa femme par la même raison. De même que la baronne, Beaudenord avait échangé ses actions de mines contre les actions de la société Claparon. Leurs dettes les forcèrent à vendre en pleine baisse. De ce qui leur représentait sept cent mille francs, ils eurent deux cent trente mille francs. Ils firent leur lessive, et le reste fut prudemment placé dans le trois pour cent à 75. Godefroid, si heureux garçon, sans soucis, qui n'avait qu'à se laisser vivre, se vit chargé d'une petite femme bête comme une oie, incapable de supporter l'infortune, car au bout de six mois il s'était aperçu du changement de l'objet aimé en volatile ; et, de plus, il est chargé d'une belle-mère sans pain qui rêve toilettes. Les deux familles se sont réunies pour pouvoir exister. Godefroid fut obligé d'en venir à faire agir toutes ses protections refroidies pour avoir une place de mille écus au ministère des Finances. Les amis?... aux Eaux... Les parents?... étonnés, promettant : « *Comment, mon cher, mais comptez sur moi! Pauvre garçon!* » Oublié net un quart d'heure après, Beaudenord dut sa place à l'influence de Nucingen et de Vandenesse. Ces gens si estimables et si malheureux logent aujourd'hui, rue du Mont-Thabor, à un troisième étage au-dessus de l'entresol. L'arrière-petite perle des Adolphus, Malvina, ne possède rien, elle donne des leçons de piano pour ne pas être à charge à son beau-frère. Noire, grande, mince, sèche, elle ressemble à une momie échappée de chez Passalacqua qui court à pied dans Paris. En 1830, Beaudenord a perdu sa place, et sa femme lui a donné un quatrième enfant. Huit maîtres et deux domestiques (Wirth et sa femme)! argent : huit mille livres de rentes. Les mines donnent aujourd'hui des dividendes si considérables que l'action de mille francs vaut mille francs de rente. Rastignac et Mme de Nucingen ont acheté les actions vendues par Godefroid et par la baronne. Nucingen a été crée pair de France par la Révolution de Juillet, et grand-officier de la Légion-d'Honneur. Quoiqu'il n'ait pas liquidé après 1830, il a, dit-on, seize à dix-huit millions de fortune. Sûr des ordonnances de juillet, il avait vendu tous ses fonds et replacé hardiment ; quand le trois pour cent fut à 45, il a fait croire au Château que c'était par dévouement, et il a dans ce temps avalé, de concert avec du Tillet, trois millions à ce grand drôle de Philippe Bridau! Dernièrement, en passant rue de Rivoli pour aller au bois de Boulogne, notre baron aper çut sous les arcades la baronne d'Aldrigger. La petite vieille avait une capote verte doublée de rose, une robe à fleurs, une mantille, enfin elle était toujours et plus que jamais bergère des Alpes, car elle n'a pas plus compris les causes de son malheur que les causes de son opulence. Elle s'appuyait sur la pauvre Malvina, modèle des dévouements héroïques, qui avait l'air d'être la vieille mère, tandis que la baronne avait l'air d'être la jeune fille; et Wirth les suivait un parapluie à la main. — « *Foilà tes chens*, dit le baron à M. Cointet, un ministre avec lequel il allait se promener, *dont il m'a ité imbossiple te vaire la vordeine. La pourrasque à brincibes est bassée, reblacez tonc ce baufre Pautenord.* » Beaudenord est rentré aux Finances par les soins de Nucingen, que les d'Aldrigger vantent comme un héros d'amitié, car il invite toujours la petite bergère des Alpes et ses filles à ses bals. Il est impossible à qui que ce soit au monde de démontrer comment cet homme a, par trois fois et sans effraction, voulu voler le public enrichi par lui, malgré lui. Personne n'a de reproche à lui faire. Qui viendrait dire que la haute Banque est souvent un coupe-gorge commettrait la plus insigne calomnie. Si les effets haussent et baissent, si les valeurs augmentent et se détériorent, ce flux et reflux est produit par un mouvement mutuel, atmosphérique, en rapport avec l'influence de la lune, et le grand Arago est coupable de ne donner aucune théorie scientifique sur cet important phénomène. Il résulte seulement de ceci une vérité pécuniaire que je n'ai vue écrite nulle part...

— Laquelle.

— Le débiteur et plus fort que le créancier.

— Oh! dit Blondet, moi je vois dans ce que nous avons dit la paraphrase d'un mot de Montesquieu, dans lequel il a concentré l'Esprit des Lois.

— Quoi? dit Finot.

— Les lois sont des toiles d'araignées à travers lesquelles passent les grosses mouches et où restent les petites.

— Où veux-tu donc en venir? dit Finot à Blondet.

— Au gouvernement absolu, le seul où les entreprises de l'Esprit contre la Loi puissent être réprimées! Oui, l'Arbitraire sauve les peuples en venant au secours de la justice, car le droit de grâce n a pas d'envers : le Roi, qui peut gracier le banqueroutier frauduleux, ne rend rien à l'Actionnaire. La Légalité tue la Société moderne.

— Fais comprendre cela aux électeurs! dit Bixiou.

— Il y a quelqu'un qui s'en est chargé.

— Qui?

— Le Temps. Comme l'a dit l'évêque de Léon, si la liberté est ancienne, la royauté est éternelle :

toute nation saine d'esprit y reviendra sous une forme ou sous une autre.

— Tiens, il y avait du monde à côté, dit Finot en nous entendant sortir.

— Il y a toujours du monde à côté, répondit Bixiou qui devait être aviné.

FIN

ÉMILE COLIN, IMPRIMERIE DE LAGNY (S.-ET-M.)

LES SECRETS
DE
LA PRINCESSE DE CADIGNAN

Après les désastres de la Révolution de Juillet, qui détruisit plusieurs fortunes aristocratiques soutenues par la Cour, Mme la princesse de Cadignan eut l'habileté de mettre sur le compte des événements politiques la ruine complète due à ses prodigalités. Le prince avait quitté la France avec la famille royale en laissant la princesse à Paris, inviolable par le fait de son absence, car les dettes, à l'acquittement desquelles la vente des propriétés vendables ne pouvait suffire, ne pesaient que sur lui. Les revenus du majorat avaient été saisis. Enfin les affaires de cette grande famille se trouvaient en aussi mauvais état que celles de la branche aînée des Bourbons.

Cette femme, si célèbre sous son premier nom de duchesse de Maufrigneuse, prit alors sagement le parti de vivre dans une profonde retraite, et voulut se faire oublier. Paris fut emporté par un courant d'événements si vertigineux, que bientôt la duchesse de Maufrigneuse, enterrée dans la princesse de Cadignan, mutation de nom inconnue à la plupart des nouveaux acteurs de la société mise en scène par la Révolution de Juillet, devint comme une étrangère.

En France, le titre de duc prime tous les autres, même celui de prince, quoique en thèse héraldique pure de tout sophisme, les titres ne signifient absolument rien, et qu'il y ait égalité parfaite entre les gentilshommes. Cette admirable égalité fut jadis soigneusement maintenue par la maison de France ; et, de nos jours, elle l'est encore, au moins nominalement, par le soin qu'ont les rois de donner de simples titres de comtes à leurs enfants. Ce fut en vertu de ce système que François Ier écrasa la splendeur des titres que se donnait le pompeux Charles-Quint en lui signant une réponse : François, seigneur de Vanves. Louis XI avait fait mieux encore, en mariant sa fille à un gentilhomme sans titre, à Pierre de Beaujeu. Le système féodal fut si bien brisé par Louis XIV, que le titre de duc devint dans sa monarchie le suprême honneur de l'aristocratie, et le plus envié. Néanmoins, il est deux ou trois familles en France où la principauté, richement possessionnée autrefois, est mise au-dessus du duché. La maison de Cadignan, qui possède le titre de duc de Maufrigneuse pour ses fils aînés, tandis que tous les autres se nomment simplement chevaliers de Cadignan, est une de ces familles exceptionnelles. Comme autrefois deux princes de la maison de Rohan, les princes de Cadignan avaient droit à un trône chez eux ; ils pouvaient avoir des pages, des gentilshommes à leur service Cette explication est nécessaire, autant pour éviter les sottes critiques de ceux qui ne savent rien que pour constater les grandes choses d'un monde qui, dit-on, s'en va, et que tant de gens poussent sans le comprendre. Les Cadignan portent *d'or à cinq fusées de sable accolées et mises en fasce*, avec le mot MEMINI pour devise, et la couronne fermée, sans tenants ni lambrequins. Aujourd'hui la grande quantité d'étrangers qui affluent à Paris et une ignorance presque générale de la science héraldique commencent à mettre le titre de prince à la mode. Il n'y a de vrais princes que ceux qui sont possessionnés et auxquels appartient le titre d'Altesse. Le dédain de la noblesse française pour le titre de prince, et les raisons qu'avait Louis XIV de donner la suprématie au titre de duc, ont empêché la France de réclamer l'altesse pour les quelques princes qui existent en France, ceux de Napoléon exceptés. Telle est la raison pour laquelle les princes de Cadignan se trouvent dans une position inférieure, nominalement parlant, vis-à-vis des autres princes du continent.

Les personnes de la société dite du faubourg Saint-Germain protégeaient la princesse par une discrétion respectueuse due à son nom, lequel est de ceux qu'on honorera toujours, à ses malheurs que l'on ne discutait plus, et à sa beauté, la seule chose qu'elle eût conservée de son opulence éteinte. Le monde, dont elle fut l'ornement, lui savait gré d'avoir pris en quelque sorte le voile en se cloîtrant chez elle. Ce bon goût était pour elle, plus que pour toute autre femme, un immense sacrifice. Les grandes choses sont toujours si vivement senties en France, que la princesse regagna par sa retraite tout ce qu'elle avait pu perdre dans l'opinion publique au milieu de ses splendeurs. Elle ne voyait plus qu'une seule de ses anciennes amies, la marquise d'Espard; encore n'allait-elle ni aux grandes réunions, ni aux fêtes. La princesse et la marquise se visitaient dans la première matinée, et comme en secret. Quand la princesse venait dîner chez son amie, la marquise fermait sa porte. Mme d'Espard fut admirable pour la princesse : elle changea de loge aux Italiens, et quitta les Premières pour une Baignoire du rez-de-chaussée, en sorte que Mme de Cadignan pouvait venir au théâtre sans être vue, et en partir incognito. Peu de femmes eussent été capables d'une délicatesse qui les eût privées du plaisir de traîner à leur suite une ancienne rivale tombée, de s'en dire la bienfaitrice. Dispensée ainsi de faire des toilettes ruineuses, la princesse allait en secret dans la voiture de la marquise, qu'elle n'eût pas acceptée publiquement. Personne n'a jamais su les raisons qu'eut Mme d'Espard pour se conduire ainsi avec la princesse de Cadignan; mais sa conduite fut sublime, et comporta pendant longtemps un monde de petites choses qui, vues une à une, semblent être des niaiseries, et qui, vues en masse, atteignent au gigantesque.

En 1832, trois années avaient jeté leurs tas de neige sur les aventures de la duchesse de Maufrigneuse, et l'avaient si bien blanchie qu'il fallait de grands efforts de mémoire pour se rappeler les circonstances graves de sa vie antérieure. De cette reine adorée par tant de courtisans, et dont les légèretés pouvaient défrayer plusieurs romans, il restait une femme encore délicieusement belle, âgée de trente-six ans, mais autorisée à ne s'en donner que trente, quoiqu'elle fût mère du duc Georges de Maufrigneuse, jeune homme de dix-neuf ans, beau comme Antinoüs, pauvre comme Job, qui devait avoir les plus grands succès, et que sa mère voulait avant tout marier richement.

Peut-être ce projet était-il le secret de l'intimité dans laquelle elle restait avec la marquise, dont le salon passe pour le premier de Paris, et où elle pouvait un jour choisir parmi les héritières une femme pour Georges. La princesse voyait encore cinq années entre le moment présent et l'époque du mariage de son fils; des années désertes et solitaires, car pour faire réussir un bon mariage sa conduite devait être marquée au coin de la sagesse.

La princesse demeurait rue de Miromesnil, dans un petit hôtel, à un rez-de-chaussée d'un prix modique. Elle y avait tiré parti des restes de sa magnificence. Son élégance de grande dame y respirait encore. Elle y était entourée des belles choses qui annoncent une existence supérieure. On voyait à sa cheminée une magnifique miniature, le portrait de Charles X, par Mme de Mirbel, sous lequel étaient gravés ces mots : *Donné par le roi;* et, en pendant, le portrait de MADAME, qui fut si particulièrement excellente pour elle. Sur une table, brillait un album du plus haut prix, qu'aucune des bourgeoises qui trônent actuellement dans notre société industrielle et tracassière n'oserait étaler. Cette audace peignait admirablement la femme. L'album contenait des portraits parmi lesquels se trouvaient une trentaine d'amis intimes que le monde avait appelés ses amants. Ce nombre était une calomnie ; mais, relativement à une dizaine, peut-être était-ce, disait la marquise d'Espard, de la belle et bonne médisance. Les portraits de Maxime de Trailles, de de Marsay, de Rastignac, du marquis d'Esgrignon, du général Montriveau, des marquis de Ronquerolles et d'Adjuda-Pinto, du prince Galathionne, des jeunes ducs de Grandlieu, de Réthoré, du beau Lucien de Rubempré avaient d'ailleurs été traités avec une grande coquetterie de pinceau par les artistes les plus célèbres. Comme la princesse ne recevait pas plus de deux ou trois personnes de cette collection, elle nommait plaisamment ce livre le recueil de ses erreurs. L'infortune avait rendu cette femme une bonne mère. Pendant les quinze années de la Restauration, elle s'était trop amusée pour penser à son fils ; mais en se réfugiant dans l'obscurité, cette illustre égoïste songea que le sentiment maternel poussé à l'extrême deviendrait pour sa vie passée une absolution confirmée par les gens sensibles, qui pardonnent tout à une excellente mère. Elle aima d'autant mieux son fils, qu'elle n'avait plus autre chose à aimer. Georges de Maufrigneuse est d'ailleurs un de ces enfants qui peuvent flatter toutes les vanités d'une mère ; aussi la princesse lui fit-elle toutes sortes de sacrifices : elle eut pour Georges une écurie et une remise, au-dessus desquelles il habitait un petit entresol sur la rue, composé de trois pièces délicieusement meublées ; elle s'était imposé plusieurs privations pour lui conserver un cheval de selle, un cheval de cabriolet et un petit domestique. Elle n'avait plus que sa femme de chambre, et, pour cuisinière, une de ses anciennes filles de cuisine. Le tigre du duc avait alors un service un peu rude. Toby, l'ancien tigre de feu Beaudenord, car telle fut la plaisanterie du beau monde sur cet élégant ruiné, ce jeune tigre qui, à vingt-cinq ans, était toujours censé n'en avoir que quatorze, devait suffire à panser les chevaux, nettoyer le cabriolet ou le tilbury, suivre son maître, faire les appartements, et se trouver à l'antichambre de la princesse pour annoncer, si par hasard elle avait à recevoir la visite de quelque personnage. Quand on songe à ce que fut, sous la Restauration, la belle duchesse de Maufrigneuse, une des reines de Paris, une reine éclatante, dont la luxueuse existence en aurait remontré peut-être aux plus riches femmes à la mode de Londres, il y avait je ne sais quoi de touchant à la voir dans son humble coquille de la rue Miromesnil, à quelques pas de son immense hôtel qu'aucune fortune ne pouvait habiter, et que le marteau des spéculateurs a démoli pour en faire une rue. La femme à peine servie convenablement par trente domestiques, qui possédait les plus beaux appartements de réception de Paris, les plus jolis petits appartements, qui y donna de si belles fêtes, vivait dans un appartement de cinq pièces : une antichambre, une salle à manger, un salon, une chambre à coucher et un cabinet de toilette, avec deux femmes pour tout domestique.

— Ah ! elle est admirable pour son fils, disait cette fine commère de marquise d'Espard, et admirable sans emphase, elle est heureuse. On n'aurait jamais cru cette femme si légère capable de résolutions suivies avec autant de persistance; aussi notre bon archevêque l'a-t-il encouragée. se montre-t-il parfait pour elle, et vient-il de décider la vieille comtesse de Cinq-Cygne à lui faire une visite.

Avouons-le d'ailleurs : il faut être reine pour savoir abdiquer, et descendre noblement d'une position élevée qui n'est jamais entièrement perdue. Ceux-là seuls qui ont la conscience de n'être rien par eux-mêmes, manifestent des regrets en tombant, ou murmurent et reviennent sur un passé qui ne reviendra jamais, en devinant bien qu'on ne parvient pas deux fois. Forcée de se passer des fleurs rares au milieu desquelles elle avait l'habitude de vivre et qui rehaussaient si bien sa personne, car il était impossible de ne pas la comparer à une fleur, la princesse avait bien choisi son rez-de-chaussée : elle y jouissait d'un joli petit jardin, plein d'arbustes, et dont le gazon toujours vert égayait sa paisible retraite. Elle pouvait avoir environ douze mille livres de rente, encore ce revenu modique était-il composé d'un secours annuel donné par la vieille duchesse de Navarreins, tante paternelle du jeune duc, lequel devait être continué jusqu'au jour de son mariage, et d'un autre secours envoyé par la duchesse d'Uxelles, du fond de sa terre, où elle économisait comme savent économiser les vieilles duchesses, auprès desquelles Harpagon n'est qu'un écolier. Le prince vivait à l'étranger, constamment aux ordres de ses maîtres exilés, partageant leur mauvaise fortune, et les servant avec un dévouement sans calcul, le plus intelligent peut-être de tous ceux qui les entourent. La position du prince de Cadignan protégeait encore sa femme à Paris. Ce fut chez la princesse que le maréchal auquel nous devons la conquête de l'Afrique eut, lors de la tentative de MADAME en Vendée, des conférences avec les principaux chefs de l'opinion légitimiste, tant était grande l'obscurité de la princesse, tant sa détresse excitait peu la défiance du gouvernement actuel? En voyant venir la terrible faillite de l'amour, cet âge de quarante ans au delà duquel il y a si peu de chose pour la femme, la princesse s'était jetée dans le royaume de la philosophie. Elle lisait, elle qui avait, durant seize ans, manifesté la plus grande horreur pour les choses graves. La littérature et la politique sont aujourd'hui ce qu'était autrefois la dévotion pour les femmes, le dernier asile de leurs prétentions. Dans les cercles élégants, on disait que Diane voulait écrire un livre. Depuis que, de jolie, de belle femme, la princesse était passée femme spirituelle en attendant qu'elle passât tout à fait, elle avait fait d'une réception chez elle un honneur suprême qui distinguait prodigieusement la personne favorisée. A l'abri de ces occupations, elle put tromper l'un de ses premiers amants, de Marsay, le plus influent personnage de la politique bourgeoise intronisée en juillet 1830; elle le reçut quelquefois le soir, tandis que le maréchal et plusieurs légitimistes s'entretenaient à voix basse, dans sa chambre à coucher, de la conquête du royaume, qui ne pouvait se faire sans le concours des idées, le seul élément de succès que les conspirateurs oubliassent. Ce fut une jolie vengeance de jolie femme, que de se jouer du premier ministre en le faisant servir de paravent à une conspiration contre son propre gouvernement. Cette aventure, digne des beaux jours de la Fronde, fut le texte de la plus spirituelle lettre du monde, où la princesse rendit compte des négociations à MADAME. Le duc de Maufrigneuse alla dans la Vendée, et put en revenir secrètement, sans s'être compromis, mais non sans avoir pris part aux périls de MADAME, qui, malheureusement, le renvoya lorsque tout parut être perdu. Peut-être la vigilance passionnée de ce jeune homme eût-elle déjoué la trahison. Quelque grands qu'aient été les torts de la duchesse de Maufrigneuse aux yeux du monde bourgeois, la conduite de son fils les a certes effacés aux yeux du monde aristocratique. Il y eut de la noblesse et de la grandeur à risquer ainsi le fils unique et l'héritier d'une maison historique. Il est certaines personnes, dites habiles, qui réparent les fautes de la vie privée par les services de la vie politique, et réciproquement; mais il n'y eut chez la princesse de Cadignan aucun calcul. Peut-être n'y en a-t-il pas davantage chez tous ceux qui se conduisent ainsi. Les événements sont pour la moitié dans ces contresens.

Dans un des premiers beaux jours du mois de mai 1833, la marquise d'Espard et la princesse tournaient, on ne pouvait dire se promenaient, dans l'unique allée qui entourait le gazon du jardin, vers deux heures de l'après-midi, par un des derniers éclairs du soleil. Les rayons réfléchis par les murs faisaient une chaude atmosphère dans ce petit espace qu'embaumaient des fleurs, présent de la marquise.

— Nous perdrons bientôt de Marsay, disait Mme d'Espard à la princesse, et avec lui s'en ira votre dernier espoir de fortune pour le duc de Maufrigneuse; car depuis que vous l'avez si bien joué, ce grand politique a repris de l'affection pour vous.

— Mon fils ne capitulera jamais avec la branche cadette, dit la princesse, dût-il mourir de faim, dussé-je travailler pour lui. Mais Berthe de Cinq-Cygne ne le hait pas.

— Les enfants, dit Mme d'Espard, n'ont pas les mêmes engagements que leurs pères...

— Ne parlons point de ceci, dit la princesse. Ce sera bien assez, si je ne puis apprivoiser la marquise de Cinq-Cygne, de marier mon fils avec quelque fille de forgeron, comme a fait ce petit d'Esgrignon !

— L'avez-vous aimé ? dit la marquise.

— Non, répondit gravement la princesse. La naïveté de d'Esgrignon était une sorte de sottise départementale de laquelle je me suis aperçue un peu trop tard, ou trop tôt si vous voulez.

— Et de Marsay ?

— De Marsay a joué avec moi comme avec une poupée. J'étais si jeune ! Nous n'aimons jamais les hommes qui se font nos instituteurs, ils froissent trop nos petites vanités. Voici bientôt trois années que je passe dans une solitude entière ; eh bien ! ce calme n'a rien eu de pénible. A vous seule, j'oserai dire qu'ici je me suis sentie heureuse. J'étais blasée d'adorations, fatiguée sans plaisir, émue à la superficie sans que l'émotion me traversât le cœur. J'ai trouvé tous les hommes que j'ai connus, petits, mesquins, superficiels ; aucun d'eux ne m'a causé la plus légère surprise, ils étaient sans innocence, sans grandeur, sans délicatesse. J'aurais voulu rencontrer quelqu'un qui m'eût imposé.

— Seriez-vous donc comme moi, ma chère, demanda la marquise, n'auriez-vous jamais rencontré l'amour en essayant d'aimer ?

— Jamais, répondit la princesse en interrompant la marquise et lui posant la main sur le bras.

Toutes deux allèrent s'asseoir sur un banc de bois rustique, sous un massif de jasmin refleuri. Toutes deux avaient dit une de ces paroles solennelles pour des femmes arrivées à leur âge.

— Comme vous, reprit la princesse, peut-être ai je été plus aimée que ne le sont les autres femmes ; mais à travers tant d'aventures, je le sens, je n'ai pas connu le bonheur. J'ai fait bien des folies, mais elles avaient un but, et le but se reculait à mesure que j'avançais ! Dans mon cœur vieilli, je sens une innocence qui n'a pas été entamée. Oui, sous tant d'expérience gît un premier amour qu'on pourrait abuser ; de même que, malgré tant de fatigues et de flétrissures, je me sens jeune et belle. Nous pouvons aimer sans être heureuses, nous pouvons être heureuses et ne pas aimer ; mais aimer et avoir du bonheur, réunir ces deux immenses jouissances humaines, est un prodige. Ce prodige ne s'est pas accompli pour moi.

— Ni pour moi, dit Mme d'Espard.

— Je suis poursuivie dans ma retraite par un regret affreux : je me suis amusée, mais je n'ai pas aimé.

— Quel incroyable secret ! s'écria la marquise.

— Ah ! ma chère, répondit la princesse, ces secrets, nous ne pouvons les confier qu'à nous-mêmes : personne, à Paris, ne nous croirait.

— Et, reprit la marquise, si nous n'avions pas toutes deux passé trente-six ans, nous ne nous ferions peut-être pas cet aveu.

— Oui, quand nous sommes jeunes, nous avons de bien stupides fatuités ! dit la princesse ! Nous ressemblons parfois à ces pauvres jeunes gens qui jouent avec un cure-dent pour faire croire qu'ils ont bien dîné.

— Enfin, nous voilà, répondit avec une grâce coquette Mme d'Espard qui fit un charmant geste d'innocence instruite, et nous sommes, il me semble, encore assez vivantes pour prendre une revanche.

— Quand vous m'avez dit, l'autre jour, que Béatrix était partie avec Conti, j'y ai pensé pendant toute la nuit, reprit la princesse après une pause. Il faut être bien heureuse pour sacrifier ainsi sa position, son avenir, et renoncer à jamais au monde.

— C'est une petite sotte, dit gravement Mme d'Espard. Mlle des Touches a été enchantée d'être débarrassée de Conti. Béatrix n'a pas deviné combien cet abandon, fait par une femme supérieure, qui n'a pas un seul instant défendu son prétendu bonheur, accusait la nullité de Conti.

— Elle sera donc malheureuse?

— Elle l'est déjà, reprit Mme d'Espard. A quoi bon quitter son mari? Chez une femme, n'est-ce pas un aveu d'impuissance?

— Ainsi vous croyez que Mme de Rochefide n'a pas été déterminée par le désir de jouir en paix d'un véritable amour, de cet amour dont les jouissances sont, pour nous deux, encore un rêve?

— Non, elle a singé Mme de Beauséant et Mme de Langeais, qui, soit dit entre nous, dans un siècle moins vulgaire que le nôtre, eussent été, comme vous d'ailleurs, des figures aussi grandes que celles des La Vallière, des Montespan, des Diane de Poitiers, des duchesses d'Étampes et de Châteauroux.

— Oh! moins le roi, ma chère. Ah! je voudrais pouvoir évoquer ces femmes et leur demander si...

— Mais, dit la marquise en interrompant la princesse, il n'est pas nécessaire de faire parler les morts, nous connaissons des femmes vivantes qui sont heureuses. Voici plus de vingt fois que j'entame une conversation intime sur ces sortes de choses avec la comtesse de Montcornet, qui, depuis quinze ans, est la femme du monde la plus heureuse avec ce petit Émile Blondet; pas une infidélité, pas une pensée détournée; ils sont aujourd'hui comme au premier jour; mais nous avons toujours été dérangées, interrompues au moment le plus intéressant. Ces longs attachements, comme celui de Rastignac et de madame de Nucingen, de madame de Camps, votre cousine, pour son Octave, ont un secret, et ce secret nous l'ignorons, ma chère. Le monde nous fait l'extrême honneur de nous prendre pour des rouées dignes de la cour du Régent, et nous sommes innocentes comme deux petites pensionnaires.

— Je serais encore heureuse de cette innocence-là, s'écria railleusement la princesse ; mais la nôtre est pire, il y a de quoi être humiliée. Que voulez-vous? nous offrirons cette mortification à Dieu en expiation de nos recherches infructueuses; car, ma chère, il n'est pas probable que nous trouvions, dans l'arrière-saison, la belle fleur qui nous a manqué pendant le printemps et l'été.

— La question n'est pas là, reprit la marquise après une pause pleine de méditations respectives. Nous sommes encore assez belles pour inspirer une passion; mais nous ne convaincrons jamais personne de notre innocence et de notre vertu.

— Si c'était un mensonge, il serait bientôt orné de commentaires, servi avec les jolies préparations qui le rendent croyable et dévoré comme un fruit délicieux; mais faire croire à une vérité! Ah! les plus grands hommes y ont péri, ajouta la princesse avec un de ces fins sourires que le pinceau de Léonard de Vinci a seul pu rendre.

— Les niais aiment bien parfois, reprit la marquise.

— Mais, fit observer la princesse, pour ceci les niais eux-mêmes n'ont pas assez de crédulité.

— Vous avez raison, dit en riant la marquise. Mais ce n'est ni un sot, ni même un homme de talent que nous devrions chercher. Pour résoudre un pareil problème, il nous faut un homme de génie. Le génie seul a la foi de l'enfance, la religion de l'amour, et se laisse volontiers bander les yeux. Si vous et moi nous avons rencontré des hommes de génie, ils étaient peut-être trop loin de nous, trop occupés, et nous trop frivoles, trop entraînées, trop prises.

— Ah ! je voudrais cependant bien ne pas quitter ce monde sans avoir connu les plaisirs du véritable amour, s'écria la princesse.

— Ce n'est rien que de l'inspirer, dit Mme d'Espard, il s'agit de l'éprouver. Je vois beaucoup de femmes n'être que les prétextes d'une passion au lieu d'en être à la fois la cause et l'effet.

— La dernière passion que j'ai inspirée était une sainte et belle chose, dit la princesse, elle avait de l'avenir. Le hasard m'avait adressé, cette fois, cet homme de génie qui nous est dû, et qu'il est si difficile de prendre, car il y a plus de jolies femmes que de gens de génie. Mais le diable s'est mêlé de l'aventure.

— Contez-moi donc cela, ma chère, c'est tout neuf pour moi.

— Je ne me suis aperçue de cette belle passion qu'au milieu de l'hiver de 1829. Tous les vendredis, à l'Opéra, je voyais à l'orchestre un jeune homme d'environ trente ans, venu là pour moi, toujours à la même stalle, me regardant avec des yeux de feu, mais souvent attristé par la distance qu'il trouvait entre nous, ou peut-être aussi par l'impossibilité de réussir.

— Pauvre garçon! Quand on aime, on devient bête, dit la marquise.

— Il se coulait pendant chaque entr'acte dans le corridor, reprit la princesse en souriant de l'amicale épigramme par laquelle la marquise l'interrompait ; puis une ou deux fois, pour me voir ou pour se faire voir, il mettait le nez à la vitre d'une loge en face de la mienne. Si je recevais une visite, je l'apercevais collé à ma porte, il pouvait alors me jeter un coup d'œil furtif : il avait fini par connaître les personnes de ma société, il les suivait quand elles se dirigeaient vers ma loge, afin d'avoir les bénéfices de l'ouverture de ma porte. Le pauvre garçon a sans doute bientôt su qui j'étais, car il connaissait de vue monsieur de Maufrigneuse et mon beau-père. Je trouvai dès lors mon inconnu mystérieux aux Italiens, à une stalle d'où il m'admirait en face, dans une extase naïve : c'en était joli. A la sortie de l'Opéra comme à celle des Bouffons, je le voyais planté dans la foule, immobile sur ses deux jambes : on le coudoyait, on ne l'ébranlait pas. Ses yeux devenaient moins brillants quand il m'apercevait appuyée sur le bras de quelque favori. D'ailleurs, pas un mot, pas une lettre, pas une démonstration. Avouez que c'était du bon goût? Quelquefois, en rentrant à mon hôtel au matin, je retrouvais mon homme assis sur une des bornes de ma porte cochère. Cet amoureux avait de bien beaux yeux, une barbe épaisse et longue en éventail, une royale, une moustache et des favoris; on ne voyait que des pommettes blanches et un beau front; enfin, une véritable tête antique. Le prince a, comme vous le savez, défendu les Tuileries du côté des quais dans les journées de Juillet. Il est revenu le soir à Saint-Cloud quand tout a été perdu. « Ma chère, m'a-t-il dit, j'ai failli être tué sur les quatre heures. J'étais visé par un des insurgés, lorsqu'un jeune homme à longue barbe, que je crois avoir vu aux Italiens, et qui conduisait l'attaque, a détourné le canon du fusil. » Le coup a frappé je ne sais quel homme, un maréchal-des-logis du régiment, et qui était à deux pas de mon mari. Ce jeune homme devait donc être un républicain. En 1831, quand je suis revenue me loger ici, je l'ai rencontré le dos appuyé au mur de cette maison ; il paraissait joyeux de mes désastres, qui peut-être lui semblaient nous rapprocher ; mais, depuis les affaires de Saint-Merry, je ne l'ai plus revu ; il y a péri. La veille des funérailles du général Lamarque, je suis sortie à pied avec mon fils, et mon républicain nous a suivis, tantôt derrière, tantôt devant nous, depuis la Madeleine jusqu'au passage des Panoramas où j'allais.

— Voilà tout? dit la marquise.

— Tout, répondit la princesse. Ah! le matin de la prise de Saint-Merry, un gamin a voulu me parler à moi-même, et m'a remis une lettre écrite sur du papier commun, signée du nom de l'inconnu.

— Montrez-la-moi, dit la marquise.

— Non, ma chère. Cet amour a été trop grand et trop saint dans ce cœur d'homme pour que je viole mon secret. Cette lettre, courte et terrible, me remue encore le cœur quand j'y songe. Cet homme mort me cause plus d'émotions que tous les vivants que j'ai distingués, il revient dans ma pensée.

— Son nom, demanda la marquise.

— Oh! un nom bien vulgaire, Michel Chrestien.

— Vous avez bien fait de me le dire, reprit vivement madame d'Espard, j'ai souvent entendu parler de lui. Ce Michel Chrestien était l'ami d'un homme célèbre que vous avez déjà voulu voir, de Daniel d'Arthez, qui vient une ou deux fois par hiver chez moi. Ce Chrestien, qui est effectivement mort à Saint-Merry, ne manquait pas d'amis. J'ai entendu dire qu'il était un de ces grands politiques auxquels, comme à de Marsay, il ne manque que le mouvement de ballon de la circonstance pour devenir tout d'un coup ce qu'ils doivent être.

— Il vaut mieux alors qu'il soit mort, dit la princesse d'un air mélancolique sous lequel elle cacha ses pensées.

— Voulez-vous vous trouver un soir avec d'Arthez chez moi ? demanda la marquise, vous causerez de votre revenant.

— Volontiers, ma chère.

Quelques jours après cette conversation, Blondet et Rastignac, qui connaissaient d'Arthez, promirent à Mme d'Espard de le déterminer à venir dîner chez elle. Cette promesse eût été, certes, imprudente sans le nom de la princesse dont la rencontre ne pouvait être indifférente à ce grand écrivain.

Daniel d'Arthez, un des hommes rares qui de nos jours unissent un beau caractère à un beau talent, avait obtenu déjà non pas toute la popularité que devaient lui mériter ses œuvres, mais une estime respectueuse à laquelle les âmes choisies ne pouvaient rien ajouter. Sa réputation grandira certes encore, mais elle avait alors atteint tout son développement aux yeux des connaisseurs : il est de ces auteurs qui, tôt ou tard, sont mis à leur vraie place, et qui n'en changent plus. Gentilhomme pauvre, il avait compris son époque en demandant tout à une illustration personnelle. Il avait lutté pendant longtemps dans l'arène parisienne, contre le gré d'un oncle riche, qui, par une contradiction que la vanité se charge de justifier, après l'avoir laissé en proie à la plus rigoureuse misère, avait légué à l'homme célèbre la fortune impitoyablement refusée à l'écrivain inconnu. Ce changement subit ne changea point les mœurs de Daniel d'Arthez : il continua ses travaux avec une simplicité digne des temps antiques, et s'en imposa de nouveaux en acceptant un siège à la Chambre des députés, où il prit place au Côté droit. Depuis son avènement à la gloire, il était allé quelquefois dans le monde. Un de ses vieux amis, un grand médecin, Horace Bianchon, lui avait fait faire la connaissance du baron de Rastignac, sous-secrétaire d'État à un Ministère, et ami de de Marsay. Ces deux hommes politiques s'étaient assez noblement prêtés à ce que Daniel, Horace, et quelques intimes de Michel Chrestien, retirassent le corps de ce républicain à l'église Saint-Merry, et pussent lui rendre les honneurs funèbres. La reconnaissance pour un service, qui contrastait avec les rigueurs administratives déployées à cette époque où les passions politiques se déchaînèrent si violemment, avait lié pour ainsi dire d'Arthez à Rastignac. Le sous-secrétaire d'État et l'illustre ministre étaient trop habiles pour ne pas profiter de cette circonstance ; aussi gagnèrent-ils quelques amis de Michel Chrestien, qui ne partageaient pas d'ailleurs ses opinions, et qui se rattachèrent alors au nouveau Gouvernement. L'un d'eux, Léon Giraud, nommé d'abord Maître des requêtes, devint depuis Conseiller d'État. L'existence de Daniel d'Arthez est entièrement consacrée au travail, il ne voit la Société que par échappées, elle est pour lui comme un rêve. Sa maison est un couvent où il mène la vie d'un Bénédictin : même sobriété dans le régime, même régularité dans les occupations. Ses amis savent que jusqu'à présent la femme n'a été pour lui qu'un accident toujours redouté, il l'a trop observée pour ne pas la craindre ; mais à force de l'étudier, il a fini par ne plus la connaître, semblable en ceci à ces profonds tacticiens qui seraient toujours battus sur des terrains imprévus, où sont modifiés et contrariés leurs axiomes scientifiques. Il est resté l'enfant le plus candide, en se montrant l'observateur le plus instruit. Ce contraste, en apparence impossible, est très explicable pour ceux qui ont pu mesurer la profondeur qui sépare les facultés des sentiments : les unes procèdent de la tête et les autres du cœur. On peut être un grand homme et un méchant, comme on peut être un sot et un amant sublime. D'Arthez est un de ces êtres privilégiés chez lesquels la finesse de l'esprit, l'étendue des qualités du cerveau, n'excluent ni la force ni la grandeur des sentiments. Il est, par un rare privilège, homme d'action et homme de pensée tout à la fois. Sa vie privée est noble et pure. S'il avait fui soigneusement l'amour jusqu'alors, il se connaissait bien, il savait par avance quel serait l'empire d'une passion sur lui. Pendant longtemps les travaux écrasants par lesquels il prépara le terrain solide de ses glorieux ouvrages, et le froid de la misère furent un merveilleux préservatif. Quand vint l'aisance, il eut la plus vulgaire et la plus incompréhensible liaison avec une femme assez belle, mais qui appartenait à la classe inférieure, sans aucune instruction, sans manières, et soigneusement cachée à tous les regards. Michel Chrestien accordait aux hommes de génie le pouvoir de transformer les plus massives créatures en sylphides, les sottes en femmes d'esprit, les paysannes en marquises : plus une femme était accomplie, plus elle perdait à leurs yeux ; car, selon lui, leur imagination n'avait rien à y faire. Selon lui, l'amour, simple besoin des sens pour les êtres inférieurs, était, pour les êtres supérieurs, la création morale la plus immense et la plus attachante. Pour justifier d'Arthez, il s'appuyait de l'exemple de Raphaël, et de la Fornarina. Il aurait pu s'offrir lui-même comme un modèle en ce genre, lui qui voyait un ange dans la duchesse de Maufrigneuse. La bizarre fantaisie de d'Arthez pouvait d'ailleurs être justifiée de bien des manières : peut-être avait-il tout d'abord désespéré de rencontrer ici-bas une femme qui répondit à la délicieuse chimère que tout homme d'esprit rêve et caresse ? peut-être avait-il un cœur trop chatouilleux, trop délicat pour le livrer à une femme du monde? peut-être aimait-il mieux faire la part à la N ure et garder ses illusions en cultivant son Idéal? peut-être avait-il écarté l'amour comme incompatible avec ses travaux, avec la régularité d'une vie monacale où la passion eût tout dérangé? Depuis quelques mois, d'Arthez était l'objet des railleries de Blondet et de Rastignac qui lui reprochaient de ne connaître ni le monde ni les femmes. A les entendre, ses œuvres étaient assez nombreuses et assez avancées pour qu'il se permît des distractions : il avait une belle fortune et vivait comme un étudiant ; il ne jouissait de rien, ni de son or ni de sa gloire ; il ignorait les exquises jouissances de la passion noble et délicate que certaines femmes bien nées et bien élevées inspiraient ou ressentaient ; n'était-ce pas indigne de lui de n'avoir connu que les grossièretés de l'amour ! L'amour, réduit à ce que le faisait la Nature, était à leurs yeux la plus sotte chose du monde. L'une des gloires de la Société, c'est d'avoir créé *la femme* là où la Nature a fait une femelle ; d'avoir créé la perpétuité du désir là où la Nature n'a pensé qu'à la perpétuité de l'Espèce ; d'avoir enfin inventé l'amour, la plus belle religion humaine. D'Arthez ne savait rien des charmantes délicatesses de langage, rien des preuves d'affection incessamment données par l'âme et l'esprit, rien de ces désirs ennoblis par les manières, rien de ces formes angéliques prêtées aux choses les plus grossières par les femmes comme il faut. Il connaissait peut-être la femme, mais il ignorait la divinité. Il fallait prodigieusement d'art, beaucoup de belles toilettes d'âme et de corps chez une femme pour bien aimer. Enfin, en vantant les délicieuses dépravations de pensée qui constituent la coquetterie parisienne, ces deux corrupteurs plaignaient d'Arthez, qui vivait d'un aliment sain et sans aucun assaisonnement, de n'avoir pas goûté les délices de la haute cuisine parisienne, et stimulaient vivement sa curiosité. Le docteur Bianchon, à qui d'Arthez faisait ses confidences, savait que cette curiosité s'était enfin éveillée. La longue liaison de ce grand écrivain avec une femme vulgaire, loin de lui plaire par l'habitude, lui était devenue insupportable ; mais il était retenu par l'excessive timidité qui s'empare de tous les hommes solitaires.

— Comment, disait Rastignac, quand on porte *tranché de gueules et d'or à un bezan et un tourteau de l'un en l'autre*, ne fait-on pas briller ce vieil écu picard sur une voiture? Vous avez trente mille livres de rentes et les produits de votre plume ; vous avez justifié votre devise, qui forme le calembour tant recherché par nos ancêtres : ARS, THE*saurusque virtus*, et vous ne le promenez pas au bois de Boulogne ! Nous sommes dans un siècle où la vertu doit se montrer.

— Si vous lisiez vos œuvres à cette espèce de grosse Laforêt, qui fait vos délices, je vous pardonnerais de la garder, dit Blondet. Mais, mon cher, si vous êtes au pain sec matériellement parlant : sous le rapport de l'esprit, vous n'avez même pas de pain...

Cette petite guerre amicale durait depuis quelques mois entre Daniel et ses amis, quand Mme d'Espard pria Rastignac et Blondet de déterminer d'Arthez à venir dîner chez elle, en leur disant que la princesse de Cadignan avait un excessif désir de voir cet homme célèbre. Ces sortes de curiosités sont, pour certaines femmes, ce qu'est la lanterne magique pour les enfants, un plaisir pour les yeux, assez pauvre d'ailleurs, et plein de désenchantement. Plus un homme d'esprit excite de sentiments à distance, moins il y répondra de près ; plus il a été rêvé brillant, plus terne il sera. Sous ce rapport, la curiosité déçue va souvent jusqu'à l'injustice. Ni Blondet ni Rastignac ne pouvaient tromper d'Arthez, mais ils lui dirent en riant qu'il s'offrait pour lui la plus séduisante occasion de se décrasser le cœur et de connaître les suprêmes délices que donnait l'amour d'une grande dame parisienne. La princesse était positivement éprise de lui, il n'avait rien à craindre, il avait tout à gagner dans cette entrevue ; il lui serait impossible de descendre du piédestal où

Mme de Cadignan l'avait élevé. Blondet ni Rastignac ne virent aucun inconvénient à prêter cet amour à la princesse, elle pouvait porter cette calomnie, elle dont le passé donnait lieu à tant d'anecdotes. L'un et l'autre, ils se mirent à raconter à d'Arthez les aventures de la duchesse de Maufrigneuse, ses premières légèretés avec de Marsay, ses secondes inconséquences avec d'Adjuda qu'elle avait diverti de sa femme en vengeant ainsi Mme de Beauséant, sa troisième liaison avec le jeune d'Esgrignon qui l'avait accompagnée en Italie et s'était horriblement compromis pour elle ; puis combien elle avait été malheureuse avec un célèbre ambassadeur, heureuse avec un général russe ; comment elle avait été l'Egérie de deux Ministres des Affaires étrangères, etc. D'Arthez leur dit qu'il en avait su plus qu'ils ne pouvaient lui en dire sur elle par leur pauvre ami, Michel Chrestien, qui l'avait adorée en secret pendant quatre années, et avait failli en devenir fou.

— J'ai souvent accompagné, dit Daniel, mon ami aux Italiens, à l'Opéra. Le malheureux courait avec moi dans les rues en allant aussi vite que les chevaux, et admirant la princesse à travers les glaces de son coupé. C'est à cet amour que le prince de Cadignan a dû la vie, Michel a empêché qu'un gamin ne le tuât.

— Eh bien! vous aurez un thème tout prêt, dit en souriant Blondet. Voilà bien la femme qu'il vous faut, elle ne sera cruelle que par délicatesse, et vous initiera très gracieusement aux mystères de l'élégance; mais prenez garde! elle a dévoré bien des fortunes! La belle Diane est une de ces dissipatrices qui ne coûtent pas un centime, et pour laquelle on dépense des millions. Donnez-vous corps et âme; mais gardez à la main votre monnaie, comme le vieux du Déluge de Girodet.

Après cette conversation, la princesse avait la profondeur d'un abîme, la grâce d'une reine, la corruption des diplomates, le mystère d'une initiation, le danger d'une sirène. Ces deux hommes d'esprit, incapables de prévoir le dénoûment de cette plaisanterie, avaient fini par faire de Diane d'Uxelles la plus monstrueuse Parisienne, la plus habile coquette, la plus enivrante courtisane du monde. Quoiqu'ils eussent raison, la femme qu'ils traitaient si légèrement était sainte et sacrée pour d'Arthez, dont la curiosité n'avait pas besoin d'être excitée; il consentit à venir de prime abord, et les deux amis ne voulaient pas autre chose de lui.

Mme d'Espard alla voir la princesse dès qu'elle eut la réponse.

— Ma chère, vous sentez-vous en beauté, en coquetterie? lui dit-elle, venez dans quelques jours dîner chez moi; je vous servirai d'Arthez. Notre homme de génie est de la nature la plus sauvage, il craint les femmes, et n'a jamais aimé. Faites votre thème là-dessus. Il est excessivement spirituel, d'une simplicité qui vous abuse en ôtant toute défiance. Sa pénétration, toute rétrospective, agit après coup et dérange tous les calculs. Vous l'avez surpris aujourd'hui, demain il n'est plus la dupe de rien.

— Ah! dit la princesse, si je n'avais que trente ans, je m'amuserais bien! Ce qui m'a manqué jusqu'à présent, c'était un homme d'esprit à jouer. Je n'ai eu que des partenaires et jamais d'adversaires. L'amour était un jeu au lieu d'être un combat.

— Chère princesse, avouez que je suis bien généreuse; car enfin?... charité bien ordonnée...

Les deux femmes se regardèrent en riant, et se prirent les mains en se les serrant avec amitié.

Certes elles avaient toutes deux l'une à l'autre des secrets importants, et n'en étaient sans doute, ni à un homme près, ni à un service à rendre ; car, pour faire les amitiés sincères et durables entre femmes, il faut qu'elles aient été cimentées par de petits crimes. Quand deux amies peuvent se tuer réciproquement, et se voient un poignard empoisonné dans la main, elles offrent le spectacle touchant d'une harmonie qui ne se trouble qu'au moment où l'une d'elles a, par mégarde, lâché son arme.

Donc, à huit jours de là, il y eut chez la marquise une de ces soirées dites de petits jours, réservées pour les intimes, auxquelles personne ne vient que sur une invitation verbale, et pendant lesquelles la porte est fermée. Cette soirée était donnée pour cinq personnes : Emile Blondet et Mme de Montcornet, Daniel d'Arthez, Rastignac et la princesse de Cadignan. En comptant la maîtresse de la maison, il se trouvait autant d'hommes que de femmes.

Jamais le hasard ne s'était permis de préparations plus savantes que pour la rencontre de d'Arthez et de Mme de Cadignan. La princesse passe encore aujourd'hui pour une des plus fortes sur la toilette, qui, pour les femmes, est le premier des Arts. Elle avait mis une robe de velours bleu à grandes manches blanches traînantes, à corsage apparent, une de ces guimpes en tulle légèrement froncée, et bordée de bleu, montant à quatre doigts de son cou, et couvrant les épaules, comme on en voit dans quelques portraits de Raphaël. Sa femme de chambre l'avait coiffée de quelques bruyères blanches habilement posées dans ses cascades de cheveux blonds, l'une des beautés auxquelles elle devait sa célébrité. Certes Diane ne paraissait pas avoir vingt-cinq ans. Quatre années de solitude et de repos avaient rendu de la vigueur à son teint. N'y a-t-il pas d'ailleurs des moments où le désir de plaire donne un surcroît de beauté aux femmes? La volonté n'est pas sans influence sur les variations du visage. Si les émotions violentes ont le pouvoir de jaunir les tons blancs chez les gens d'un tempérament sanguin, mélancolique, de verdir les figures lymphatiques, ne faut-il pas accorder au désir, à la joie, à l'espérance, la faculté d'éclaircir le teint, de dorer le regard d'un vif éclat, d'animer la beauté par un jour piquant comme celui d'une jolie matinée? La blancheur si célèbre de la princesse avait pris une teinte mûrie qui lui prêtait un air auguste. En ce moment de sa vie, frappée par tant de retours sur elle-même et par des pensées sérieuses, son front rêveur et sublime s'accordait admirablement avec son regard bleu, lent et majestueux. Il était impossible au physionomiste le plus habile d'imaginer des calculs et de la décision sous cette inouïe délicatesse des traits. Il est des visages de femmes qui trompent la science et déroutent l'observation par leur calme et par leur finesse ; il faudrait pouvoir les examiner quand les passions parlent, ce qui est difficile ; ou quand elles ont parlé, ce qui ne sert plus à rien : alors la femme est vieille et ne dissimule plus. La princesse est une de ces femmes impénétrables, elle peut se faire ce qu'elle veut être : folâtre, enfant, innocente à désespérer ; ou fine, sérieuse et profonde à donner de l'inquiétude. Elle vint chez la marquise avec l'intention d'être une femme douce et simple à qui la vie était connue par ses déceptions seulement, une femme pleine d'âme et calomniée, mais résignée, enfin un ange meurtri. Elle arriva de bonne heure, afin de se trouver posée sur la causeuse, au coin du feu, près de Mme d'Espard, comme elle voulait être vue, dans une de ces attitudes où la science est cachée sous un naturel exquis, une de ces poses étudiées, cherchées qui mettent en relief cette belle ligne serpentine qui prend au pied, remonte gracieusement jusqu'à la hanche, et se continue par d'admirables rondeurs jusqu'aux épaules, en offrant aux regards tout le profil du corps. Une femme nue serait moins dangereuse que ne l'est une jupe si savamment étalée, qui couvre tout et met tout en lumière à la fois. Par un raffinement que bien des femmes n'eussent pas inventé, Diane, à la grande stupéfaction de la marquise, s'était fait accompagner du duc de Maufrigneuse. Après un moment de réflexion, Mme d'Espard serra la main de la princesse d'un air d'intelligence.

— Je vous comprends ! En faisant accepter à d'Arthez toutes les difficultés du premier coup, vous ne les trouverez pas à vaincre plus tard.

La comtesse de Montcornet vint avec Blondet. Rastignac amena d'Arthez. La princesse ne fit à l'homme célèbre aucun de ces compliments dont l'accablaient les gens vulgaires ; mais elle eut de ces prévenances empreintes de grâce et de respect qui devaient être le dernier terme de ses concessions. Elle était sans doute ainsi avec le roi de France, avec les princes. Elle parut heureuse de voir ce grand homme et contente de l'avoir cherché. Les personnes pleines de goût, comme la princesse, se distinguent surtout par leur manière d'écouter, par une affabilité sans moquerie, qui est à la politesse ce que la pratique est à la vertu. Quand l'homme célèbre parlait, elle avait une pose attentive mille fois plus flatteuse que les compliments les mieux assaisonnés. Cette présentation mutuelle se fit sans emphase et avec convenance par la marquise. A dîner, d'Arthez fut placé près de la princesse, qui, loin d'imiter les exagérations de diète que se permettent les minaudières, mangea de fort bon appétit, et tint à honneur de se montrer femme naturelle, sans aucunes façons étranges. Entre un service et l'autre, elle profita d'un moment où la conversation générale s'engageait, pour prendre d'Arthez à partie.

— Le secret du plaisir que je me suis procuré en me trouvant auprès de vous, dit elle, est dans le désir d'apprendre quelque chose d'un malheureux ami à vous, monsieur, mort pour une autre cause que la nôtre, à qui j'ai eu de grandes obligations sans avoir pu les reconnaître et m'acquitter. Le prince de Cadignan a partagé mes regrets. J'ai su que vous étiez l'un des meilleurs amis de ce pauvre garçon. Votre mutuelle amitié, pure, inaltérée, était un titre auprès de moi. Vous ne trouverez donc pas extraordinaire que j'aie voulu savoir tout ce que vous pouviez me dire de cet être qui vous est si cher. Si je suis attachée à la famille exilée, et tenue d'avoir des opinions monarchiques, je ne suis pas du nombre de ceux qui croient qu'il est impossible d'être à la fois républicain et noble de cœur. La monarchie et la république sont les deux seules formes de gouvernement qui n'étouffent pas les beaux sentiments.

— Michel Chrestien était un ange, madame, répondit Daniel d'une voix émue. Je ne sais pas, dans les héros de l'antiquité, d'homme qui lui soit supérieur. Gardez-vous de le prendre pour un de ces républicains à idées étroites, qui voudraient recommencer la Convention et les gentillesses du Comité de Salut public ; non, Michel rêvait la fédération suisse appliquée à toute l'Europe. Avouons-le, entre nous? après le magnifique gouvernement d'un seul, qui, je crois, convient plus particulièrement à notre pays, le système de Michel est la suppression de la guerre dans le vieux monde et sa reconstitution sur des bases autres que celles de la conquête qui l'avait jadis féodalisé. Les républicains étaient, à ce titre, les gens les plus voisins de son idée ; voilà pourquoi il leur a prêté son bras en juillet et à Saint-Merry. Quoique entièrement divisés d'opinion, nous sommes restés étroitement unis.

— C'est le plus bel éloge de vos deux caractères dit timidement Mme de Cadignan.

— Dans les quatre dernières années de sa vie, reprit Daniel, il ne fit qu'à moi seul la confidence de son amour pour vous, et cette confidence resserra les nœuds déjà bien forts de notre amitié fraternelle. Lui seul, madame, vous aura aimée comme vous devriez l'être. Combien de fois n'ai-je pas reçu la pluie en accompagnant votre voiture jusque chez vous, en luttant de vitesse avec vos chevaux, pour nous maintenir au même point sur une ligne parallèle, afin de vous voir... de vous admirer !

— Mais, monsieur, dit la princesse, je vais être tenue à vous indemniser.

— Pourquoi Michel n'est-il pas là ? répondit Daniel d'un accent plein de mélancolie.

— Il ne m'aurait peut-être pas aimée longtemps, dit la princesse en remuant la tête par un geste plein de tristesse. Les républicains sont encore plus absolus dans leurs idées que nous autres absolutistes, qui péchons par l'indulgence. Il m'avait sans doute rêvée parfaite, il aurait été cruellement détrompé. Nous sommes poursuivies, nous autres femmes, par autant de calomnies que vous en avez à supporter dans la vie littéraire, et nous ne pouvons nous défendre ni par la gloire, ni par nos œuvres. On ne nous croit pas ce que nous sommes, mais ce que l'on nous fait. On lui aurait bientôt caché la femme inconnue qui est en moi, sous le faux portrait de la femme imaginaire, qui est la vraie pour le monde. Il m'aurait crue indigne des sentiments nobles qu'il me portait, incapable de le comprendre.

Ici la princesse hocha la tête en agitant ses belles boucles blondes pleines de bruyères par un geste sublime. Ce qu'elle exprimait de doutes désolants, de misères cachées, est indicible. Daniel comprit tout, et regarda la princesse avec une vive émotion.

— Cependant le jour où je le revis, longtemps après la révolte de juillet, reprit-elle, je fus sur le point de succomber au désir que j'avais de lui prendre la main, de la lui serrer devant tout le monde, sous le péristyle du Théâtre-Italien, en lui donnant mon bouquet. J'ai pensé que ce témoignage de reconnaissance serait mal interprété, comme tant d'autres choses nobles qui passent aujourd'hui pour les folies de Mme de Maufrigneuse, et que je ne pourrai jamais expliquer, car il n'y a que mon fils et Dieu qui me connaîtront jamais.

Ces paroles, soufflées à l'oreille de l'écouteur de manière à être dérobées à la connaissance des convives, et avec un accent digne de la plus habile comédienne, devaient aller au cœur ; aussi atteignirent-elles à celui de d'Arthez. Il ne s'agissait point de l'écrivain célèbre, cette femme cherchait à se réhabiliter en faveur d'un mort. Elle avait pu être calomniée, elle voulait savoir si rien ne l'avait ternie aux yeux de celui qui l'aimait. Était-il mort avec toutes ses illusions ?

— Michel, répondit d'Arthez, était un de ces hommes qui aiment d'une manière absolue, et qui, s'ils choisissent mal, peuvent en souffrir sans jamais renoncer à celle qu'ils ont élue.

— Étais-je donc aimée ainsi?... s'écria-t-elle d'un air de béatitude exaltée.

— Oui, madame.

— J'ai donc fait son bonheur?

— Pendant quatre ans.

— Une femme n'apprend jamais une pareille chose sans éprouver une orgueilleuse satisfaction, dit-elle en tournant son doux et noble visage vers d'Arthez par un mouvement plein de confusion pudique.

Une des plus savantes manœuvres de ces comédiennes est de voiler leurs manières quand les mots sont trop expressifs, et de faire parler les yeux quand le discours est restreint. Ces habiles dissonances, glissées dans la musique de leur amour faux ou vrai, produisent d'invincibles séductions.

— N'est-ce pas, reprit-elle en abaissant encore la voix et après s'être assurée d'avoir produit de l'effet, n'est-ce pas avoir accompli sa destinée que de rendre heureux, et sans crime, un grand homme?

— Ne vous l'a-t-il pas écrit?

— Oui, mais je voulais en être bien sûre, car

croyez-moi, monsieur, en me mettant si haut, il ne s'est pas trompé.

Les femmes savent donner à leurs paroles une sainteté particulière, elles leur communiquent je ne sais quoi de vibrant qui étend le sens des idées et leur prête de la profondeur ; si plus tard leur auditeur charmé ne se rend pas compte de ce qu'elles ont dit, le but a été complètement atteint, ce qui est le propre de l'éloquence. La princesse aurait en ce moment porté le diadème de la France, son front n'eût pas été plus imposant qu'il l'était sous le beau diadème de ses cheveux élevés en natte comme une tour, et ornés de ses jolies bruyères. Cette femme semblait marcher sur les flots de la calomnie, comme le Sauveur sur les vagues du lac de Tibériade, enveloppée dans le suaire de cet amour, comme un ange dans ses nimbes. Il n'y avait rien qui sentît ni la nécessité d'être ainsi, ni le désir de paraître grande ou aimante : ce fut simple et calme. Un homme vivant n'aurait jamais pu rendre à la princesse les services qu'elle obtenait de ce mort. D'Arthez, travailleur solitaire, à qui la pratique du monde était étrangère, et que l'Étude avait enveloppé de ses voiles protecteurs, fut la dupe de cet accent et de ces paroles. Il fut sous le charme de ces exquises manières, il admira cette beauté parfaite, mûrie par le malheur, reposée dans la retraite; il adora la réunion si rare d'un esprit fin et d'une belle âme. Enfin il désira recueillir la succession de Michel Chrestien. Le commencement de cette passion fut, comme chez la plupart des profonds penseurs, une idée. En voyant la princesse, en étudiant la forme de sa tête, la disposition de ses traits si doux, sa taille, son pied, ses mains si finements modelées, de plus près qu'il ne l'avait fait en accompagnant son ami dans ses folles courses, il remarqua le surprenant phénomène de la seconde vue morale que l'homme exalté par l'amour trouve en lui-même. Avec quelle lucidité Michel Chrestien n'avait il pas lu dans ce cœur, dans cette âme, éclairée par les feux de l'amour? Le fédéraliste avait donc été deviné, lui aussi! il eût sans doute été heureux. Ainsi la princesse avait aux yeux de d'Arthez un grand charme, elle était entourée d'une auréole de poésie. Pendant le dîner, l'écrivain se rappela les confidences désespérées du républicain, et ses espérances quand il s'était cru aimé; les beaux poèmes que dicte un sentiment vrai avaient été chantés pour lui seul à propos de cette femme. Sans le savoir, Daniel allait profiter de ces préparations dues au hasard. Il est rare qu'un homme passe sans remords de l'état de confident à l'état de rival, et d'Arthez le pouvait alors sans crime. En un moment, il aperçut les énormes différences qui existent entre les femmes comme il faut, ces fleurs du grand monde, et les femmes vulgaires, qu'il ne connaissait cependant encore que sur un échantillon; il fut donc pris par les coins les plus accessibles, les plus tendres de son âme et de son génie. Poussé par sa naïveté, par l'impétuosité de ses idées à s'emparer de cette femme, il se trouva retenu par le monde et par la barrière que les manières, disons le mot, que la majesté de la princesse mettait entre elle et lui. Aussi, pour cet homme habitué à ne pas respecter celle qu'il aimait, y eut-il là je ne sais quoi d'irritant, un appât d'autant plus puissant qu'il fut forcé de le dévorer et d'en garder les atteintes sans se trahir. La conversation qui demeura sur Michel Chrestien jusqu'au dessert, fut un admirable prétexte à Daniel comme à la princesse de parler à voix basse : amour, sympathie, divination ; à elle de se poser en femme méconnue, calomniée; à lui de se fourrer les pieds dans les souliers du républicain mort. Peut-être cet homme d'ingénuité se surprit-il à moins regretter son ami? Au moment où les merveilles du dessert reluisirent sur la table, au feu des candélabres, à l'abri des bouquets de fleurs naturelles qui séparaient les convives par une haie brillante, richement colorée de fruits et de sucreries, la princesse se plut à clore cette suite de confidences par un mot délicieux, accompagné d'un de ces regards à l'aide desquels les femmes blondes paraissent être brunes, et dans lequel elle exprima finement cette idée que Daniel et Michel étaient deux âmes jumelles. D'Arthez se rejeta dès lors dans la conversation générale en y portant une joie d'enfant et un petit air fat digne d'un écolier. La princesse prit de la façon la plus simple le bras de d'Arthez pour revenir au petit salon de la marquise. En traversant le grand salon, elle alla lentement; et quand elle fut séparée de la marquise, à qui Blondet donnait le bras, par un intervalle assez considérable, elle arrêta d'Arthez.

— Je ne veux pas être inaccessible pour l'ami

de ce pauvre républicain, lui dit-elle. Et quoique je me sois fait une loi de ne recevoir personne, vous seul au monde pourrez entrer chez moi. Ne croyez pas que ce soit une faveur. La faveur n'existe jamais que pour des étrangers, et il me semble que nous sommes de vieux amis : je veux voir en vous le frère de Michel.

D'Arthez ne put que presser le bras de la princesse, il ne trouva rien à répondre. Quand le café fut servi, Diane de Cadignan s'enveloppa par un coquet mouvement dans un grand châle, et se leva. Blondet et Rastignac étaient des hommes de trop haute politique et trop habitués au monde pour faire la moindre exclamation bourgeoise, et vouloir retenir la princesse; mais Mme d'Espard fit rasseoir son amie en la prenant par la main et lui disant à l'oreille : — Attendez que les gens aient dîné, la voiture n'est pas prête. Et elle fit un signe au valet de chambre qui remportait le plateau du café. Mme de Montcornet devina que la princesse et Mme d'Espard avaient un mot à se dire et prit avec elle d'Arthez, Rastignac et Blondet, qu'elle amusa par une de ces folles attaques paradoxales auxquelles s'entendent à merveille les Parisiennes.

— Eh bien ! dit la marquise à Diane, comment le trouvez-vous?

— Mais c'est un adorable enfant, il sort du maillot. Vraiment, cette fois encore, il y aura, comme toujours, un triomphe sans lutte.

— C'est désespérant, dit Mme d'Espard, mais il y a de la ressource.

— Comment?

— Laissez-moi devenir votre rivale.

— Comme vous voudrez, répondit la princesse, j'ai pris mon parti. Le génie est une manière d'être du cerveau, je ne sais pas ce qu'y gagne le cœur, nous en causerons plus tard.

En entendant ce dernier mot qui fut impénétrable, Mme d'Espard se jeta dans la conversation générale et ne parut ni blessée du *Comme vous voudrez*, ni curieuse de savoir à quoi cette entrevue aboutirait. La princesse resta pendant une heure environ assise sur la causeuse auprès du feu, dans l'attitude pleine de nonchalance et d'abandon que Guérin a donnée à Didon, écoutant avec l'attention d'une personne absorbée, et regardant Daniel par moments, sans déguiser une admiration qui ne sortait pas d'ailleurs des bornes. Elle s'esquiva quand la voiture fut avancée, après avoir échangé un serrement de main avec la marquise et une inclination de tête avec Mme de Montcornet.

La soirée s'acheva sans qu'il fût question de la princesse. On profita de l'espèce d'exaltation dans laquelle était d'Arthez, qui déploya les trésors de son esprit. Certes, il avait dans Rastignac et dans Blondet deux acolytes de première force comme finesse d'esprit et comme portée d'intelligence. Quant aux deux femmes, elles sont depuis longtemps comptées parmi les plus spirituelles de la haute société. Ce fut donc une halte dans une oasis, un bonheur rare et bien apprécié pour ces personnages habituellement en proie au *garde à vous* du monde, des salons et de la politique. Il est des êtres qui ont le privilège d'être parmi les hommes comme des astres bienfaisants dont la lumière éclaire les esprits, dont les rayons échauffent les cœurs. D'Arthez était une de ces belles âmes. Un écrivain, qui s'élève à la hauteur où il est, s'habitue à tout penser, et oublie quelquefois dans le monde qu'il ne faut pas tout dire ; il lui est impossible d'avoir la retenue des gens qui y vivent continuellement ; mais comme ses écarts sont presque toujours marqués d'un cachet d'originalité, personne ne s'en plaint. Cette saveur si rare dans les talents, cette jeunesse pleine de simplesse qui rendent d'Arthez si noblement original, firent de cette soirée une délicieuse chose. Il sortit avec le baron de Rastignac qui, en le reconduisant chez lui, parla naturellement de la princesse, en lui demandant comment il la trouvait.

— Michel avait raison de l'aimer, répondit d'Arthez, c'est une femme extraordinaire.

— Bien extraordinaire, répliqua railleusement Rastignac. A votre accent, je vois que vous l'aimez déjà ; vous serez chez elle avant trois jours, et je suis un trop vieil habitué de Paris pour ne pas savoir ce qui va se passer entre vous. Eh bien! mon cher Daniel, je vous supplie de ne pas vous laisser aller à la moindre confusion d'intérêts. Aimez la princesse si vous vous sentez de l'amour pour elle au cœur; mais songez à votre fortune. Elle n'a jamais pris ni demandé deux liards à qui que ce soit, elle est bien trop d'Uxelles et Cadignan pour cela; mais, à ma connaissance, outre sa fortune à elle, laquelle était très considérable, elle a fait dissiper plusieurs millions. Comment? pourquoi? par quels moyens? personne ne le sait, elle ne le sait pas elle-même. Je lui ai vu avaler, il y a treize ans, la fortune d'un charmant garçon et celle d'un vieux notaire en vingt mois.

— Il y a treize ans! dit d'Arthez, quel âge a-t-elle donc?

— Vous n'avez donc pas vu, répondit en riant Rastignac, à table son fils, le duc de Maufrigneuse? un jeune homme de dix-neuf ans. Or, dix-neuf et dix-sept font...

— Trente-six, s'écria l'auteur surpris, je lui donnais vingt ans.

— Elle les acceptera, dit Rastignac; mais soyez sans inquiétude là-dessus : elle n'aura jamais que vingt ans pour vous. Vous allez entrer dans le monde le plus fantastique. Bonsoir, vous voilà chez vous, dit le baron en voyant sa voiture entrer rue de Bellefond où demeure d'Arthez dans une jolie maison à lui, nous nous verrons dans la semaine chez Mlle des Touches.

D'Arthez laissa l'amour pénétrer dans son cœur à la manière de notre oncle Tobie, sans faire la moindre résistance, il procéda par l'adoration sans critique, par l'admiration exclusive. La princesse, cette belle créature, une des plus remarquables créations de ce monstrueux Paris où tout est possible en bien comme en mal, devint, quelque vulgaire que le malheur des temps ait rendu ce mot, l'ange rêvé. Pour bien comprendre la subite transformation de cet illustre auteur, il faudrait savoir tout ce que la solitude et le travail constant laissent d'innocence au cœur, tout ce que l'amour réduit au besoin et devenu pénible auprès d'une femme ignoble, développe de désirs et de fantaisies, excite de regrets et fait naître de sentiments divins dans les plus hautes régions de l'âme. D'Arthez était bien l'enfant, le collégien que le tact de la princesse avait soudain reconnu. Une illumination presque semblable s'était accomplie chez la belle Diane. Elle avait donc enfin rencontré cet homme supérieur que toutes les femmes désirent, ne fût-ce que pour le jouer; cette puissance à laquelle elles consentent à obéir, ne fût-ce que pour avoir le plaisir de la maîtriser; elle trouvait enfin les grandeurs de l'intelligence unies à la naïveté du cœur, au neuf de la passion; puis elle voyait, par un bonheur inouï, toutes ces richesses contenues dans une forme qui lui plaisait. D'Arthez lui semblait beau, peut-être l'était-il. Quoiqu'il arrivât à l'âge grave de l'homme, à trente-huit ans, il conservait une fleur de jeunesse due à la vie sobre et chaste qu'il avait menée, et comme tous les gens de cabinet, comme les hommes d'État, il atteignait à un embonpoint raisonnable. Très jeune, il avait offert une vague ressemblance avec Bonaparte général. Cette ressemblance se continuait encore, autant qu'un homme aux yeux noirs, à la chevelure épaisse et brune, peut ressembler à ce souverain aux yeux bleus, aux cheveux châtains; mais tout ce qu'il y eut jadis d'ambition ardente et noble dans les yeux de d'Arthez avait été comme attendri par le succès. Les pensées dont son front était gros avaient fleuri, les lignes creuses de sa figure étaient devenues pleines. Le bien-être répandait les teintes dorées là où, dans sa jeunesse, la misère avait mélangé les tons jaunes des tempéraments dont les forces se bandent pour soutenir des luttes écrasantes et continues. Si vous observez avec soin les belles figures des philosophes antiques, vous y apercevrez toujours les déviations du type parfait de la figure humaine auxquelles chaque physionomie doit son originalité, rectifiées par l'habitude de la méditation, par le calme constant nécessaire aux travaux intellectuels. Les visages les plus tourmentés, comme celui de Socrate, deviennent à la longue d'une sérénité presque divine. A cette noble simplicité qui décorait sa tête impériale, d'Arthez joignait une expression naïve, le naturel des enfants, et une bienveillance touchante. Il n'avait pas cette politesse toujours empreinte de fausseté par laquelle dans ce monde les personnes les mieux élevées et les plus aimables jouent des qualités qui souvent leur manquent, et qui laissent blessés ceux qui se reconnaissent dupés. Il pouvait faillir à quelques lois mondaines par suite de son isolement ; mais comme il ne choquait jamais, ce parfum de sauvagerie rendait encore plus gracieuse l'affabilité particulière aux hommes d'un grand talent, qui savent déposer leur supériorité chez eux pour se mettre au niveau social, pour, à la façon d'Henri IV, prêter leur dos aux enfants, et leur esprit aux niais.

En revenant chez elle, la princesse ne discuta pas plus avec elle-même que d'Arthez ne se défendit contre le charme qu'elle lui avait jeté. Tout était dit pour elle : elle aimait avec sa science et avec son ignorance. Si elle s'interrogea, ce fut pour se demander si elle méritait un si grand bonheur, et ce qu'elle avait fait au ciel pour qu'il lui envoyât un pareil ange. Elle voulut être digne de cet amour, le perpétuer, se l'approprier à jamais, et finir doucement sa vie de jolie femme dans le paradis qu'elle entrevoyait. Quant à la résistance, à se chicaner, à coqueter, elle n'y pensa même pas. Elle pensait à bien autre chose! Elle avait compris la grandeur des gens de génie, elle avait deviné qu'ils ne soumettent pas les femmes d'élite aux lois ordinaires. Aussi, par un de ces aperçus rapides, particuliers à ces grands esprits féminins, s'était-elle promis d'être faible au premier désir. D'après la connaissance qu'elle avait prise, à une seule entrevue, du caractère de d'Arthez, elle avait soupçonné que ce désir ne serait pas assez tôt exprimé pour ne pas lui laisser le temps de se faire ce qu'elle voulait, ce qu'elle devait être aux yeux de cet amant sublime.

Ici commence l'une de ces comédies inconnues jouées dans le for intérieur de la conscience, entre deux êtres dont l'un sera la dupe de l'autre, et qui reculent les bornes de la perversité, un de ces drames noirs et comiques, auprès desquels le drame de Tartufe est une vétille ; mais qui ne sont point du domaine scénique, et qui, pour que tout en soit extraordinaire, sont naturels, concevables et justifiés par la nécessité, un drame horrible qu'il faudrait nommer l'envers du vice. La princesse commença par envoyer chercher les œuvres de d'Arthez, elle n'en avait pas lu le premier mot ; et, néanmoins, elle avait soutenu vingt minutes de discussion élogieuse avec lui, sans quiproquo! Elle lut tout. Puis elle voulut comparer ces livres à ce que la littérature contemporaine avait produit de meilleur. Elle avait une indigestion d'esprit le jour où d'Arthez vint la voir. Attendant cette visite tous les jours, elle avait fait une toilette de l'ordre supérieur, une de ces toilettes qui expriment une idée et la font accepter par les yeux, sans qu'on sache ni comment ni pourquoi. Elle offrit au regard une harmonieuse combinaison de couleurs grises, une sorte de demi-deuil, une grâce pleine d'abandon, le vêtement d'une femme qui ne tenait plus à la vie que par quelques liens naturels, son enfant peut-être, et qui s'y ennuyait. Elle attestait un élégant dégoût qui n'allait cependant pas jusqu'au suicide, elle achevait son temps dans le bagne terrestre. Elle reçut d'Arthez en femme qui l'attendait, et comme s'il était déjà venu cent fois chez elle ; elle lui fit l'honneur de le traiter comme une vieille connaissance, elle le mit à l'aise par un seul geste en lui montrant une causeuse pour qu'il s'assit, pendant qu'elle achevait une lettre commencée. La conversation s'engagea de la manière la plus vulgaire : le temps, le Ministère, la maladie de de Marsay, les espérances de la Légitimité. D'Arthez était absolutiste, la princesse ne pouvait ignorer les opinions d'un homme assis à la Chambre parmi les quinze ou vingt personnes qui représentent le parti légitimiste ; elle trouva moyen de lui raconter comment elle avait joué de Marsay ; puis, par une transition que lui fournit le dévouement du prince de Cadignan à la famille royale et à MADAME, elle amena l'attention de d'Arthez sur le prince.

— Il a du moins pour lui d'aimer ses maîtres et de leur être dévoué, dit-elle. Son caractère public me console de toutes les souffrances que m'a causées son caractère privé. — Car, reprit-elle en laissant habilement de côté le prince, n'avez-vous pas remarqué, vous qui savez tout, que les hommes ont deux caractères : ils en ont un pour leur intérieur, pour leurs femmes, pour leur vie secrète, et qui est le vrai; là, plus de masque, plus de dissimulation, ils ne se donnent pas la peine de feindre, ils sont ce qu'ils sont, et sont souvent horribles; puis le monde, les autres, les salons, la Cour, le souverain, la Politique les voient grands, nobles, généreux, en costume brodé de vertus, parés de beau langage, pleins d'exquises qualités. Quelle horrible plaisanterie! Et l'on s'étonne quelquefois du sourire de certaines femmes, de leur air de supériorité avec leurs maris, de leur indifférence...

Elle laissa tomber sa main le long du bras de son fauteuil, sans achever, mais ce geste complétait admirablement son discours. Comme elle vit d'Arthez occupé d'examiner sa taille flexible, si bien pliée au fond de son moelleux fauteuil, occupé des jeux de sa robe et d'une jolie petite fronçure qui badinait sur le busc, une de ces hardiesses de toilette qui ne vont qu'aux tailles assez minces pour ne pouvoir jamais rien perdre, elle reprit l'ordre de ses pensées comme si elle se parlait à elle-même.

— Je ne continue pas. Vous avez fini, vous autres écrivains, par rendre bien ridicules les femmes qui se prétendent méconnues, qui sont mal mariées, qui se font dramatiques, intéressantes, ce qui me semble être du dernier bourgeois. On plie et tout est dit, ou l'on résiste et l'on s'amuse. Dans les deux cas, on doit se taire. Il est vrai que je n'ai su, ni tout à fait plier, ni tout à fait résister ; mais peut-être était-ce une raison encore plus grave de garder le silence. Quelle sottise aux femmes de se plaindre ! Si elles n'ont pas été les plus fortes, elles ont manqué d'esprit, de tact, de finesse, elles méritent leur sort. Ne sont-elles pas les reines en France ? — Elles se jouent de vous comme elles le veulent, quand elles le veulent et autant qu'elles le veulent. Elle fit danser sa cassolette par un mouvement merveilleux d'impertinence féminine et de gaieté railleuse. — J'ai souvent entendu de misérables petites espèces regretter d'être femmes, vouloir être hommes ; je les ai toujours regardées en pitié, dit-elle en continuant. Si j'avais à opter, je préférerais encore être femme. Le beau plaisir de devoir ses triomphes à la force, à toutes les puissances que vous donnent des lois faites par vous ! Mais quand nous vous voyons à nos pieds disant et faisant des sottises, n'est-ce donc pas un enivrant bonheur que de sentir en soi la faiblesse qui triomphe? Quand nous réussissons, nous devons donc garder le silence, sous peine de perdre notre empire. Battues, les femmes doivent encore se taire par fierté : le silence de l'esclave épouvante le maître.

Ce caquetage fut sifflé d'une voix si doucement moqueuse, si mignonne, avec des mouvements de tête si coquets, que d'Arthez, à qui ce genre de femme était totalement inconnu, restait exactement comme la perdrix charmée par le chien de chasse.

— Je vous en prie, madame, dit-il enfin, expliquez-moi comment un homme a pu vous faire souffrir, et soyez sûre que là où toutes les femmes seraient vulgaires, vous seriez distinguée, quand même vous n'auriez pas une manière de dire les choses qui rendrait intéressant un livre de cuisine.

— Vous allez vite en amitié, dit-elle d'un son de voix grave qui rendit d'Arthez sérieux et inquiet.

La conversation changea, l'heure avançait. Le pauvre homme de génie s'en alla contrit d'avoir paru curieux, d'avoir blessé ce cœur, et croyant que cette femme avait étrangement souffert. Elle avait passé sa vie à s'amuser, elle était un vrai Don Juan femelle, à cette différence près que ce n'est pas à souper qu'elle eût invité la statue de pierre, et certes elle aurait eu raison de la statue.

Il est impossible de continuer ce récit sans dire un mot du prince de Cadignan, plus connu sous le nom de duc de Maufrigneuse; autrement, le sel des inventions miraculeuses de la princesse disparaîtrait, et les Étrangers ne comprendraient rien à l'épouvantable comédie parisienne qu'elle allait jouer pour un homme.

M. le duc de Maufrigneuse, en vrai fils du prince de Cadignan, est un homme long et sec, aux formes les plus élégantes, plein de bonne grâce, disant des mots charmants, devenu colonel par la grâce de Dieu, et devenu bon militaire par hasard; d'ailleurs brave comme un Polonais, à tout propos, sans discernement, et cachant le vide de sa tête sous le jargon de la grande compagnie. Dès l'âge de trente-six ans, il était par force d'une aussi parfaite indifférence pour le beau sexe que le roi Charles X son maître; puni comme son maître pour avoir, comme lui, trop plu dans sa jeunesse. Pendant dix-huit ans l'idole du faubourg Saint-Germain, il avait, comme tous les fils de famille, mené une vie dissipée, uniquement remplie de plaisirs. Son père, ruiné par la Révolution, avait retrouvé sa charge au retour des Bourbons, le gouvernement d'un château royal, des traitements, des pensions; mais cette fortune factice, le vieux prince la mangea très bien, demeurant le grand seigneur qu'il était avant la Restauration, en sorte que, quand vint la loi d'indemnité, les sommes qu'il reçut furent absorbées par le luxe qu'il déploya dans son immense hôtel, le seul bien qu'il retrouva, et dont la plus grande partie était occupée par sa belle-fille. Le prince de Cadignan mourut quelque temps avant la Révolution de Juillet, âgé de quatre-vingt-sept ans. Il avait ruiné sa femme, et fut longtemps en délicatesse avec le duc de Navarreins, qui avait épousé sa fille en premières noces, et auquel il rendit difficilement ses comptes. Le duc de Maufrigneuse avait eu des liaisons avec la duchesse d'Uxelles. Vers 1814, au moment où M. de Maufrigneuse atteignait à trente-six ans, la duchesse, le voyant pauvre mais très bien en cour, lui donna sa fille qui possédait environ cinquante ou soixante mille livres de rente, sans ce qu'elle devait attendre d'elle. Mlle d'Uxelles devenait ainsi duchesse, et sa mère savait qu'elle aurait vraisemblablement la plus grande liberté. Après avoir eu le bonheur inespéré de se donner un héritier, le duc laissa sa femme entièrement libre de ses actions et alla s'amuser de garnison en garnison, passant les hivers à Paris, faisant des dettes que son père payait toujours, professant la plus entière indulgence conjugale, avertissant la duchesse huit jours à l'avance de son retour à Paris, adoré de son régiment, aimé du Dauphin, courtisan adroit, un peu joueur, d'ailleurs sans aucune affectation ; jamais la duchesse ne put lui persuader de prendre une fille d'Opéra par décorum et par égard pour elle, disait-elle plaisamment. Le duc, qui avait la survivance de la charge de son père, sut plaire aux deux rois, à Louis XVIII et à Charles X, ce qui prouve qu'il tirait assez bon parti de sa nullité ; mais cette conduite, cette vie, tout était recouvert du plus beau vernis : langage, noblesse de manières, tenue offraient en lui la perfection ; enfin les Libéraux l'aimaient. Il lui fut impossible de continuer les Cadignan qui, selon le vieux prince, étaient connus pour ruiner leurs femmes, car la duchesse mangea elle-même sa fortune. Ces particularités devinrent si publiques dans le monde de la cour et dans le faubourg Saint-Germain, que, pendant les cinq dernières années de la Restauration, on se serait moqué de quelqu'un qui en aurait parlé, comme s'il eût voulu raconter la mort de Turenne ou celle de Henri IV. Aussi pas une femme ne parlait-elle de ce charmant duc sans en faire l'éloge : il avait été parfait pour sa femme, il était difficile à un homme de se montrer aussi bien que Maufrigneuse pour la duchesse, il lui avait laissé la libre disposition de sa fortune, il l'avait défendue et soutenue en toute occasion. Soit orgueil, soit bonté, soit chevalerie, M. de Maufrigneuse avait sauvé la duchesse en bien des circonstances où toute autre femme eût péri, malgré son entourage, malgré le crédit de la vieille duchesse d'Uxelles, du duc de Navarreins, de son beau-père et de la tante de son mari. Aujourd'hui le prince de Cadignan passe pour un des beaux caractères de l'Aristocratie. Peut-être la fidélité dans le besoin est-elle une des plus belles victoires que puissent remporter les courtisans sur eux-mêmes.

La duchesse d'Uxelles avait quarante-cinq ans quand elle maria sa fille au duc de Maufrigneuse, elle assistait donc depuis longtemps sans jalousie et même avec intérêt aux succès de son ancien ami. Au moment du mariage de sa fille et du duc, elle tint une conduite d'une grande noblesse et qui sauva l'immoralité de cette combinaison. Néanmoins, la méchanceté des gens de cour trouva matière à railler, et prétendit que cette belle conduite ne coûtait pas grand'chose à la duchesse, quoique depuis cinq ans environ elle se fût adonnée à la dévotion et au repentir des femmes qui ont beaucoup à se faire pardonner.

Pendant plusieurs jours la princesse se montra de plus en plus remarquable par ses connaissances en littérature. Elle abordait avec une excessive hardiesse les questions les plus ardues, grâce à des lectures diurnes et nocturnes poursuivies avec une intrépidité digne des plus grands éloges. D'Arthez, stupéfait et incapable de soupçonner que Diane d'Uxelles répétait le soir ce qu'elle avait lu le matin, comme font beaucoup d'écrivains, la tenait pour une femme supérieure. Ces conversations éloignaient Diane du but, elle essaya de se retrouver sur le terrain des confidences d'où son amant s'était prudemment retiré; mais il ne lui fut pas très facile d'y faire revenir un homme de cette trempe une fois effarouché. Cependant, après un mois de campagnes littéraires et de beaux discours platoniques, d'Arthez s'enhardit et vint tous les jours à trois heures. Il se retirait à six heures, et reparaissait le soir à neuf heures, pour rester jusqu'à minuit ou une heure du matin, avec la régularité d'un amant plein d'impatience. La princesse se trouvait habillée avec plus ou moins de recherche à l'heure où d'Arthez se présentait. Cette mutuelle fidélité, les soins qu'ils prenaient d'eux-mêmes, tout en eux exprimait des sentiments qu'ils n'osaient s'avouer, car la princesse devinait à merveille que ce grand enfant avait peur d'un débat autant qu'elle en avait envie. Néanmoins d'Arthez mettait dans ses constantes déclarations muettes un respect qui plaisait infiniment à la princesse. Tous deux se sentaient chaque jour d'autant plus unis que rien de convenu ni de tranché ne les arrêtait dans la marche de leurs idées, comme lorsque, entre amants, il y a d'un côté des demandes formelles, et de l'autre une défense ou sincère ou coquette. Semblable à tous les hommes plus jeunes que leur âge ne le comporte, d'Arthez était en proie à ces émouvantes irrésolutions causées par la puissance des désirs et par la terreur de déplaire, situation à laquelle une jeune femme ne comprend rien quand elle la partage, mais que la princesse avait trop souvent fait naître pour ne pas en savourer les plaisirs. Aussi Diane jouissait-elle de ces délicieux enfantillages avec d'autant plus de charme qu'elle savait bien comment les faire cesser. Elle ressemblait à un grand artiste se complaisant dans les lignes indécises d'une ébauche, sûr d'achever dans une heure d'inspiration le chef-d'œuvre encore flottant dans les limbes de l'enfantement. Combien de fois, en voyant d'Arthez prêt à s'avancer, ne se plut-elle pas à l'arrêter par un air imposant? Elle refoulait les secrets orages de ce jeune cœur, elle les soulevait, les apaisait par un regard, en tendant sa main à baiser, ou par des mots insignifiants dits d'une voix émue et attendrie. Ce manège, froidement convenu mais divinement joué, gravait son image toujours plus avant dans l'âme de ce spirituel écrivain, qu'elle se plaisait à rendre enfant, confiant, simple et presque niais auprès d'elle; mais elle avait aussi des retours sur elle-même, et il lui était alors impossible de ne pas admirer tant de grandeur mêlée à tant d'innocence. Ce jeu de grande coquette l'attachait elle-même insensiblement à son esclave. Enfin, elle s'impatienta contre cet Épictète amoureux, et, quand elle crut l'avoir disposé à la plus entière crédulité, elle se mit en devoir de lui appliquer sur les yeux le bandeau le plus épais.

Un soir Daniel trouva Diane pensive, un coude sur une petite table, sa belle tête blonde baignée de lumière par la lampe; elle badinait avec une lettre qu'elle faisait danser sur le tapis de la table. Quand d'Arthez eut bien vu ce papier, elle finit par le plier et le passer dans sa ceinture.

— Qu'avez-vous? dit d'Arthez, vous paraissez inquiète.

— J'ai reçu une lettre de M. de Cadignan, répondit-elle. Quelque graves que soient ses torts envers moi, je pensais, apres avoir lu sa lettre, qu'il est exilé, sans famille, sans son fils qu'il aime.

Ces paroles, .prononcées d'une voix pleine d'âme, révélaient une sensibilité angélique. D'Arthez fut ému au dernier point. La curiosité de l'amant devint pour ainsi dire une curiosité presque psychologique et littéraire. Il voulut savoir jusqu'à quel point cette femme était grande, sur quelles injures portait son pardon, comment ces femmes du monde, taxées de frivolité, de dureté de cœur, d'égoïsme, pouvaient être des anges. En se souvenant d'avoir été déjà repoussé quand il avait voulu connaître ce cœur céleste, il eut, lui, comme un tremblement dans la voix, lorsqu'en prenant la main transparente, fluette, à doigts tournés en fuseau de la belle Diane, il lui dit :

— Sommes-nous maintenant assez amis pour que vous me disiez ce que vous avez souffert? Vos anciens chagrins doivent être pour quelque chose dans cette rêverie.

— Oui, dit-elle en sifflant cette syllabe comme la plus douce note qu'ait jamais soupirée la flûte de Tulou.

Elle retomba dans sa rêverie, et ses yeux se voilèrent. Daniel demeura dans une attente pleine d'anxiété, pénétré de la solennité de ce moment. Son imagination de poète lui faisait voir comme des nuées qui se dissipaient lentement en lui découvrant le sanctuaire où il allait voir aux pieds de Dieu l'agneau blessé.

— Eh bien!... dit-il d'une voix douce et calme.

Diane regarda le tendre solliciteur; puis elle baissa les yeux lentement en déroulant ses paupières par un mouvement qui décelait la plus noble pudeur. Un monstre seul aurait été capable d'imaginer quelque hypocrisie dans l'ondulation gracieuse par laquelle la malicieuse princesse redressa sa jolie petite tête pour plonger encore un regard dans les yeux avides de ce grand homme.

— Le puis-je? le dois-je? fit-elle en laissant échapper un geste d'hésitation et regardant d'Arthez avec une sublime expression de tendresse rêveuse. Les hommes ont si peu de foi pour ces sortes de choses! ils se croient si peu obligés à la discrétion!

— Ah! si vous vous défiez de moi, pourquoi suis-je ici? s'écria d'Arthez.

— Eh! mon ami, répondit-elle en donnant à son exclamation la grâce d'un aveu involontaire, lorsqu'elle s'attache pour la vie, une femme calcule-t-elle? Il ne s'agit pas de mon refus (que puis-je vous refuser?); mais de l'idée que vouaurez de moi, si je parle. Je vous confierai bien l'étrange situation dans laquelle je suis à mon âge; mais que penseriez-vous d'une femme qui découvrirait les plaies secrètes du mariage, qui trahirait les secrets d'un autre? Turenne gardait sa parole aux voleurs; ne dois-je pas à mes bourreaux la probité de Turenne?

— Avez-vous donné votre parole à quelqu'un?

— M. de Cadignan n'a pas cru nécessaire de me demander le secret. Vous voulez donc plus que mon âme? Tyran! vous voulez donc que j'ensevelisse en vous ma probité, dit-elle en jetant sur d'Arthez un regard par lequel elle donna plus de prix à cette fausse confidence qu'à toute sa personne.

— Vous faites de moi un homme par trop ordinaire, si de moi vous craignez quoi que ce soit de mal, dit-il avec une amertume mal déguisée.

— Pardon, mon ami, répondit-elle en lui prenant la main, la regardant, la prenant dans les siennes et la caressant en y traînant les doigts par un mouvement d'une excessive douceur. Je sais tout ce que vous valez. Vous m'avez raconté toute votre vie, elle est noble, elle est belle, elle est sublime, elle est digne de votre nom; peut-être, en retour, vous dois-je la mienne? Mais j'ai peur en ce moment de déchoir à vos yeux en vous racontant des secrets qui ne sont pas seulement les miens. Puis peut-être ne croirez-vous pas, vous, homme de solitude et de poésie, aux horreurs du monde. Ah! vous ne savez pas qu'en inventant vos drames, ils sont surpassés par ceux qui se jouent dans les familles en apparence les plus unies. Vous ignorez l'étendue de certaines infortunes dorées.

— Je sais tout, s'écria-t-il.

— Non, reprit-elle, vous ne savez rien. Une fille doit-elle jamais livrer sa mère?

En entendant ce mot, d'Arthez se trouva comme un homme égaré par une nuit noire dans les Alpes, et qui, aux premières lueurs du matin, aperçoit qu'il enjambe un précipice sans fond. Il regarda la princesse d'un air hébété, il avait froid dans le dos. Diane crut que cet homme de génie était un esprit faible, mais elle lui vit un éclat dans les yeux qui la rassura.

— Enfin, vous êtes devenu pour moi presque un juge, dit-elle d'un air désespéré. Je puis parler, en vertu du droit qu'a tout être calomnié de se montrer dans son innocence. J'ai été, je suis encore (si tant est qu'on se souvienne d'une pauvre recluse forcée par le monde de renoncer au monde!) accusée de tant de légèreté, de tant de mauvaises choses, qu'il peut m'être permis de me poser dans le cœur où je trouve un asile de manière à n'en être pas chassée. J'ai toujours vu dans la justification une forte atteinte faite à l'innocence, aussi ai-je toujours dédaigné de parler. A qui d'ailleurs pouvais-je adresser la parole? On ne doit confier ces cruelles choses qu'à Dieu ou à quelqu'un qui nous semble bien près de lui, un prêtre, ou un autre nous-même. Eh bien, si mes secrets ne sont pas là, dit-elle en appuyant sa main sur le cœur de d'Arthez, comme ils étaient ici... (elle fit fléchir sous ses doigts le haut de son busc), vous ne serez pas le grand d'Arthez, j'aurai été trompée!

Une larme mouilla les yeux de d'Arthez, et Diane dévora cette larme par un regard de côté qui ne fit vaciller ni sa prunelle ni sa paupière. Ce fut leste et net comme un geste de chatte prenant une souris. D'Arthez, pour la première fois, après soixante jours pleins de protocoles, osa prendre cette main tiède et parfumée, il la porta sous ses lèvres, il y mit un long baiser traîné depuis le poignet jusqu'aux ongles avec une si délicate volupté que la princesse inclina sa tête en augurant très bien de la littérature. Elle pensa que les hommes de génie devaient aimer avec beaucoup plus de perfection que n'aiment les fats, les gens du monde, les diplomates et même les militaires, qui cependant n'ont que cela à faire. Elle était connaisseuse, et savait que le caractère amoureux se signe en quelque sorte dans des riens. Une femme instruite peut lire son avenir dans un simple geste, comme Cuvier savait dire en voyant le fragment d'une patte : ceci appartient à un animal de telle dimension, avec ou sans cornes, carnivore, herbivore, amphibie, etc., âgé de tant de mille ans. Sûre de rencontrer chez d'Arthez autant d'imagination dans l'amour qu'il en mettait dans son style, elle jugea nécessaire de le faire arriver au plus haut degré de la passion et de la croyance. Elle retira vivement sa main par un magnifique mouvement plein d'émotions. Elle eût dit : Finissez, vous allez me faire mourir ! elle eût parlé moins énergiquement. Elle resta pendant un moment les yeux dans les yeux de d'Arthez, en exprimant tout à la fois du bonheur, de la pruderie, de la crainte, de la confiance, de la langueur, un vague désir et une pudeur de vierge. Elle n'eut alors que vingt ans! Mais comptez qu'elle s'était préparée à cette heure de comique mensonge avec un art inouï dans sa toilette, elle était dans son fauteuil comme une fleur qui va s'épanouir au premier baiser du soleil. Trompeuse ou vraie, elle enivrait Daniel. S'il est permis de risquer une opinion individuelle, avouons qu'il serait délicieux d'être ainsi trompé longtemps. Certes, souvent Talma, sur la scène, a été fort au-dessus de la nature. Mais la princesse de Cadignan n'est-elle pas la plus grande comédienne de ce temps? Il ne manque à cette femme qu'un parterre attentif. Malheureusement, dans les époques tourmentées par les orages politiques, les femmes disparaissent comme les lys des eaux, qui, pour fleurir et s'étaler à nos regards ravis, ont besoin d'un ciel pur et des plus tièdes zéphyrs.

L'heure était venue, Diane allait entortiller ce grand homme dans les lianes inextricables d'un roman préparé de longue main, et qu'il allait écouter comme un néophyte des beaux jours de la foi chrétienne écoutait l'épître d'un apôtre.

— Mon ami, ma mère, qui vit encore à Uxelles,

m'a mariée à dix-sept ans, en 1814 (vous voyez que je suis bien vieille !), à M. de Maufrigneuse, non pas par amour pour moi, mais par amour pour lui. Elle s'acquittait, envers le seul homme qu'elle eût aimé, de tout le bonheur qu'elle avait reçu de lui. Oh ! ne vous étonnez pas de cette horrible combinaison, elle a lieu souvent. Beaucoup de femmes sont plus amantes que mères, comme la plupart sont meilleures mères que bonnes femmes. Ces deux sentiments, l'amour et la maternité, développés comme ils le sont par nos mœurs, se combattent souvent dans le cœur des femmes ; il y en a nécessairement un qui succombe quand ils ne sont pas égaux en force, ce qui fait de quelques femmes exceptionnelles la gloire de notre sexe. Un homme de votre génie doit comprendre ces choses qui font l'étonnement des sots, mais qui n'en sont pas moins vraies, et, j'irai plus loin, qui sont justifiables par la différence des caractères, des tempéraments, des attachements, des situations. Moi, par exemple, en ce moment, après vingt ans de malheurs, de déceptions, de calomnies supportées, d'ennuis pesants, de plaisirs creux, ne serais-je pas disposée à me prosterner aux pieds d'un homme qui m'aimerait sincèrement et pour toujours? Eh bien ! ne serais-je pas condamnée par le monde? Et cependant vingt ans de souffrances n'excuseraient-elles pas une douzaine d'années qui me restent à vivre encore belle, données à un saint et pur amour? Cela ne sera pas, je ne suis pas assez sotte que de diminuer mes mérites aux yeux de Dieu. J'ai porté le poids du jour et de la chaleur jusqu'au soir, j'achèverai ma journée, et j'aurai gagné ma récompense...

— Quel ange ! pensa d'Arthez.

— Enfin, je n'en ai jamais voulu à la duchesse d'Uxelles d'avoir plus aimé M. de Maufrigneuse que la pauvre Diane que voici. Ma mère m'avait très peu vue, elle m'avait oubliée ; mais elle s'est mal conduite envers moi, de femme à femme, en sorte que ce qui est mal de femme à femme devient horrible de mère à fille. Les mères qui mènent une vie comme celle de la duchesse d'Uxelles tiennent leurs filles loin d'elles; je suis donc entrée dans le monde quinze jours avant mon mariage. Jugez de mon innocence! Je ne savais rien, j'étais incapable de deviner le secret de cette alliance. J'avais une belle fortune : soixante mille livres de rentes en forêts, que la Révolution avait oublié de vendre en Nivernais ou n'avait pu vendre et qui dépendaient du beau château d'Anzy; M. de Maufrigneuse était criblé de dettes. Si plus tard j'ai appris ce que c'était que d'avoir des dettes, j'ignorais alors trop complètement la vie pour le soupçonner. Les économies faites sur ma fortune servirent à pacifier les affaires de mon mari. M. de Maufrigneuse avait trente-huit ans quand je l'épousai, mais ces années étaient comme celles des campagnes des militaires, elles devaient compter double. Ah! il avait bien plus de soixante-seize ans. A quarante ans, ma mère avait encore des prétentions, et je me suis trouvée entre deux jalousies. Quelle vie ai-je menée pendant dix ans?... Ah! si l'on savait ce que souffrait cette pauvre petite femme tant soupçonnée! Etre gardée par une mère jalouse de sa fille! Dieu!... Vous autres qui faites des drames, vous n'en inventerez jamais un aussi noir, aussi cruel que celui-là. Ordinairement, d'après le peu que je sais de la littérature, un drame est une suite d'actions, de discours, de mouvements qui se précipitent vers une catastrophe; mais ce dont je vous parle est la plus horrible catastrophe en action! C'est l'avalanche tombée le matin sur vous qui retombe le soir, et qui retombera le lendemain. J'ai froid au moment où je vous parle et où je vous éclaire la caverne sans issue, froide et sombre, dans laquelle j'ai vécu. S'il faut tout vous dire, la naissance de mon pauvre enfant qui d'ailleurs est tout moi-même... vous avez dû être frappé de sa ressemblance avec moi? ce sont mes cheveux, mes yeux, la coupe de mon visage, ma bouche, mon sourire, mon menton, mes dents... Eh bien ! sa naissance est un hasard ou le fait d'une convention de ma mère et de mon mari. Je suis restée longtemps jeune fille après mon mariage, quasi délaissée le lendemain, mère sans être femme. La duchesse se plaisait à prolonger mon ignorance, et, pour atteindre à ce but, une mère a près de sa fille d'horribles avantages. Moi, pauvre petite, élevée dans un couvent comme une rose mystique, ne sachant rien du mariage, développée fort tard, je me trouvais très heureuse : je jouissais de la bonne intelligence et de l'harmonie de notre famille. Enfin, j'étais entièrement divertie de penser à mon mari, qui ne me plaisait guère et qui ne faisait rien pour se montrer aimable, par les premières joies de la maternité : elles furent d'autant plus vives que je n'en soupconnais pas d'autres. On m'avait tant corné aux oreilles le respect qu'une mère se devait à elle-même ! Et d'ailleurs une jeune fille aime toujours à *jouer à la maman*. A l'âge où j'étais, un enfant remplace alors la poupée. J'étais si fière d'avoir cette belle fleur, car Georges était beau... une merveille ! Comment songer au monde quand on a le bonheur de nourrir et de soigner un petit ange ! J'adore les enfants quand ils sont tout petits, blancs et roses. Moi, je ne voyais que mon fils, je vivais avec mon fils, je ne laissais pas sa gouvernante l'habiller, le déshabiller, le changer. Ces soins si ennuyeux pour les mères qui ont des régiments d'enfants, étaient tout plaisir pour moi. Mais après trois ou quatre ans, comme je ne suis pas tout à fait sotte, malgré le soin que l'on mettait à me bander les yeux, la lumière a fini par les atteindre. Me voyez-vous au réveil, quatre ans après, en 1819 ? Les *Deux Frères ennemis* sont une tragédie à l'eau de rose auprès d'une mère et d'une fille placées comme nous le fûmes alors, la duchesse et moi ; je les ai bravés alors, elle et mon mari, par des coquetteries publiques qui ont fait parler le monde... Dieu sait comme ! Vous comprenez, mon ami, que les hommes avec lesquels j'étais soupçonnée de légèreté avaient pour moi la valeur du poignard dont on se sert pour frapper son ennemi. Préoccupée de ma vengeance, je ne sentais pas les blessures que je me portais à moi-même. Innocente comme un enfant, je passais pour une femme perverse, pour la plus mauvaise femme du monde, et je n'en savais rien. Le monde est bien sot, bien aveugle, bien ignorant ; il ne pénètre que les secrets qui l'amusent, qui servent sa méchanceté ; les choses les plus grandes, les plus nobles, il se met la main sur les yeux pour ne pas les voir. Mais il me semble que, dans ce temps, j'ai eu des regards, des attitudes d'innocence révoltée, des mouvements de fierté qui eussent été des bonnes fortunes pour de grands peintres. J'ai dû éclairer des bals par les tempêtes de ma colère, par les torrents de mon dédain. Poésie perdue ! on ne fait ces sublimes poèmes que dans l'indignation qui nous saisit à vingt ans ! Plus tard on ne s'indigne plus, on est las, on ne s'étonne plus du vice, on est lâche, on a peur. Moi, j'allais, oh ! j'allais bien. J'ai joué le plus sot personnage au monde : j'ai eu les charges du crime sans en avoir les bénéfices. J'avais tant de plaisir à me compromettre ! Ah ! j'ai fait des malices d'enfant. Je suis allée en Italie avec un jeune étourdi que j'ai planté là quand il m'a parlé d'amour; mais quand j'ai su qu'il s'était compromis pour moi (il avait fait un faux pour avoir de l'argent!) j'ai couru le sauver. Ma mère et mon mari, qui savaient le secret de ces choses, me tenaient en bride comme une femme prodigue. Oh! cette fois, je suis allée au roi. Louis XVIII, cet homme sans cœur, a été touché: il m'a donné cent mille francs sur sa cassette. Le marquis d'Esgrignon, ce jeune homme que vous avez peut-être rencontré dans le monde et qui a fini par faire un très riche mariage, a été sauvé de l'abîme où il s'était plongé pour moi. Cette aventure, causée par ma légèreté, m'a fait réfléchir. Je me suis aperçue que j'étais la première victime de ma vengeance. Ma mère, mon mari, mon beau-père avaient le monde pour eux, ils paraissaient protéger mes folies. Ma mère, qui me savait bien trop fière, trop grande, trop d'Uxelles pour me conduire vulgairement, fut alors épouvantée du mal qu'elle avait fait. Elle avait cinquante-deux ans, elle a quitté Paris, elle est allée vivre à Uxelles. Elle se repent maintenant de ses torts, elle les expie par la dévotion la plus outrée et par une affection sans bornes pour moi. Mais, en 1823, elle m'a laissée seule et face à face avec M. de Maufrigneuse. Oh! mon ami, vous autres hommes, vous ne pouvez savoir ce qu'est un vieil homme à bonnes fortunes. Quel intérieur que celui d'un homme accoutumé aux adorations des femmes du monde, qui ne trouve ni encens, ni encensoir chez lui, mort à tout, et jaloux par cela même! J'ai voulu, quand M. de Maufrigneuse a été tout à moi, j'ai voulu être une bonne femme; mais je me suis heurtée à toutes les aspérités d'un esprit chagrin, à toutes les fantaisies de l'impuissance, aux puérilités de la niaiserie, à toutes les vanités de la suffisance, à un homme qui était enfin la plus ennuyeuse élégie du monde, et qui me traitait comme une petite fille, qui se plaisait à humilier mon amour-propre à tout propos, à m'aplatir sous les coups de son expérience, à me prouver que j'ignorais tout. Il me blessait à chaque instant. Enfin il a tout fait pour se faire prendre en détestation et me donner le droit de le trahir; mais j'ai été la dupe de mon cœur et de mon envie de bien faire pendant trois ou quatre années! Savez-vous le mot infâme qui m'a fait faire d'autres folies? Inventerez-vous jamais l'horrible des calomnies du monde? — La duchesse de Maufrigneuse est revenue à son mari, se disait-on. — Bah! c'est par dépravation, c'est un triomphe que de ranimer les morts, elle n'avait plus que cela à faire, a répondu ma meilleure amie, une parente, celle chez qui j'ai eu le bonheur de vous rencontrer.

— Madame d'Espard! s'écria Daniel en faisant un geste d'horreur.

— Oh! je lui ai pardonné, mon ami. D'abord le mot est excessivement spirituel, et peut-être ai-je dit moi-même de plus cruelles épigrammes sur de pauvres femmes tout aussi pures que je l'étais.

D'Arthez rebaisa la main de cette sainte femme qui, après lui avoir servi une mère hachée en morceaux, avoir fait du prince de Cadignan, que vous connaissez, un Othello à triple garde, se mettait elle-même en capilotade et se donnait des torts, afin de se donner aux yeux du candide écrivain cette virginité que la plus niaise des femmes essaie d'offrir à tout prix à son amant.

— Vous comprenez, mon ami, que je suis rentrée dans le monde avec éclat et pour y faire des éclats. J'ai subi là des luttes nouvelles, il a fallu conquérir mon indépendance et neutraliser monsieur de Maufrigneuse. J'ai donc mené par d'autres raisons une vie dissipée. Pour m'étourdir, pour oublier la vie réelle par une vie fantastique, j'ai brillé, j'ai donné des fêtes, j'ai fait la princesse, et j'ai fait des dettes. Chez moi, je m'oubliais dans le sommeil de la fatigue, je renaissais belle, gaie, folle pour le monde ; mais, à cette triste lutte de la fantaisie contre la réalité, j'ai mangé ma fortune. La révolte de 1830 est arrivée, au moment où je rencontrais au bout de cette existence des Mille et une Nuits l'amour saint et pur que (je suis franche !) je désirais connaître. Avouez-le : n'était-ce pas naturel chez une femme dont le cœur comprimé par tant de causes et d'accidents se réveillait à l'âge où la femme se sent trompée, et où je voyais autour de moi tant de femmes heureuses par l'amour ? Ah ! pourquoi Michel Chrestien fut-il si respectueux ? Il y a eu là encore une raillerie pour moi. Que voulez-vous ? En tombant, j'ai tout perdu, je n'ai eu d'illusion sur rien ; j'avais tout pressé, hormis un seul fruit pour lequel je n'ai plus ni goût, ni dents. Enfin, je me suis trouvée désenchantée du monde quand il me fallait quitter le monde. Il y a là quelque chose de providentiel, comme dans les insensibilités qui nous préparent à la mort. (Elle fit un geste plein d'onction religieuse.) — Tout alors m'a servi, reprit-elle, les désastres de la monarchie et ses ruines m'ont aidée à m'ensevelir. Mon fils me console de bien des choses. L'amour maternel nous rend tous les autres sentiments trompés ! Et le monde s'étonne de ma retraite ; mais j'y ai trouvé la félicité. Oh ! si vous saviez combien est heureuse ici la pauvre créature qui est là devant vous ! En sacrifiant tout à mon fils, j'oublie les bonheurs que j'ignore et que j'ignorerai toujours. Qui pourrait croire que la vie se traduit, pour la princesse de Cadignan, par une mauvaise nuit de mariage ; et toutes les aventures qu'on lui prête, par un défi de petite fille à deux épouvantables passions? Mais personne. Aujourd'hui j'ai peur de tout. Je repousserai sans doute un sentiment vrai, quelque véritable et pur amour, en souvenir de tant de faussetés, de malheurs ; de même que les riches attrapés par des fripons qui simulent le malheur repoussent une vertueuse misère, dégoûtés qu'ils sont de la bienfaisance.

Tout cela est horrible, n'est-ce pas? mais croyez-moi, ce que je vous dis est l'histoire de bien des femmes.

Ces derniers mots furent prononcés d'un ton de plaisanterie et de légèreté qui rappelait la femme élégante et moqueuse. D'Arthez était abasourdi. A ses yeux, les gens que les tribunaux envoient au Bagne, qui pour avoir tué, qui pour avoir volé avec des circonstances aggravantes, qui pour s'être trompés de nom sur un billet, étaient de petits saints, comparés aux gens du monde. Cette atroce élégie, forgée dans l'arsenal du mensonge et trempée aux eaux du Styx parisien, avait été dite avec l'accent inimitable du vrai. L'écrivain contempla pendant un moment cette femme adorable, plongée dans son fauteuil, et dont les deux mains pendaient aux deux bras du fauteuil, comme deux gouttes de rosée à la marge d'une fleur, accablée par cette révélation, abîmée en paraissant avoir ressenti toutes les douleurs de sa vie à les dire, enfin un ange de mélancolie.

— Et jugez, fit-elle en se redressant par un soubresaut et levant une de ses mains et lançant des éclairs par les yeux où vingt soi-disant chastes années flambaient, jugez quelle impression dut faire sur moi l'amour de votre ami ; mais par une atroce raillerie du sort... ou Dieu peut-être... car alors, je l'avoue, un homme, mais un homme digne de moi, m'eût trouvée faible, tant j'avais soif de bonheur ! Eh bien ! il est mort, et mort en sauvant la vie à qui ?... à monsieur de Cadignan ! Étonnez-vous de me trouver rêveuse...

Ce fut le dernier coup. Le pauvre d'Arthez n'y tint pas, il se mit à genoux, il fourra sa tête dans les mains de la princesse, et il y pleura, il y versa de ces larmes douces que répandraient les anges, si les anges pleuraient. Comme Daniel avait la tête là, Mme de Cadignan put laisser errer sur ses lèvres un malicieux sourire de triomphe, un sourire qu'auraient les singes en faisant un tour supérieur, si les singes riaient. — Ah ! je le tiens, pensa-t-elle ; et, elle le tenait bien en effet.

— Mais, vous êtes... dit-il en relevant sa belle tête et la regardant avec amour.

— Vierge et martyre, reprit-elle en souriant de la vulgarité de cette vieille plaisanterie, mais en lui donnant un sens charmant par ce sourire plein d'une gaieté cruelle. Si vous me voyez riant, c'est que je pense à la princesse que connait le monde, à cette duchesse de Maufrigneuse à qui l'on donne et de Marsay, et l'infâme de Trailles, un coupe-jarret politique, et ce petit sot d'Esgrignon, et Rastignac, Rubempré, des ambassadeurs, des ministres, des généraux russes, que sais-je? l'Europe! On a glosé de cet album que j'ai fait faire en croyant que ceux qui m'admiraient étaient mes amis. Ah! c'est épouvantable. Je ne comprends pas comment je laisse un homme à mes pieds : les mépriser tous, telle devrait être ma religion.

Elle se leva, alla dans l'embrasure de la fenêtre par une démarche pleine de motifs magnifiques.

D'Arthez resta sur la chauffeuse où il se remit, n'osant suivre la princesse, mais la regardant; il l'entendit se mouchant sans se moucher. Quelle est la princesse qui se mouche? Diane essayait l'impossible pour faire croire à sa sensibilité. D'Arthez crut son ange en larmes, il accourut, la prit par la taille, la serra sur son cœur.

— Non, laissez-moi, dit-elle d'une voix faible et en murmurant, j'ai trop de doutes pour être bonne à quelque chose. Me réconcilier avec la vie est une tâche au-dessus de la force d'un homme.

— Diane ! je vous aimerai, moi, pour toute votre vie perdue.

— Non, ne me parlez pas ainsi, répondit-elle. En ce moment je suis honteuse et tremblante comme si j'avais commis les plus grands péchés.

Elle était entièrement revenue à l'innocence des petites filles, et se montrait néanmoins auguste, grande, noble autant qu'une reine. Il est impossible de décrire l'effet de ce manège, si habile qu'il arrivait à la vérité pure sur une âme neuve et franche comme celle de d'Arthez. Le grand écrivain resta muet d'admiration, passif dans cette embrasure de fenêtre, attendant un mot, tandis que la princesse attendait un baiser; mais elle était trop sacrée pour lui. Quand elle eut froid, la princesse alla reprendre sa position sur son fauteuil, elle avait les pieds gelés.

— Ce sera bien long, pensait-elle en regardant Daniel le front haut et la tête sublime de vertu.

— Est-ce une femme? se demandait ce profond observateur du cœur humain. Comment s'y prendre avec elle?

Jusqu'à deux heures du matin, ils passèrent le temps à se dire les bêtises que les femmes de génie, comme est la princesse, savent rendre adorables. Diane se prétendit trop détruite, trop vieille, trop passée ; d'Arthez lui prouva, ce dont elle était convaincue, qu'elle avait la peau la plus délicate, la plus délicieuse au toucher, la plus blanche au regard, la plus parfumée ; elle était jeune et dans sa fleur. Ils disputèrent beauté à beauté, détail à détail, par des : — Croyez-vous ? — Vous êtes fou. — C'est le désir ! — Dans quinze jours, vous me verrez telle que je suis. — Enfin, je vais vers quarante ans. Peut-on aimer une si vieille femme ? D'Arthez fut d'une éloquence impétueuse et lycéenne, bardée des épithètes les plus exagérées. Quand la princesse entendit ce spirituel écrivain disant des sottises de sous-lieutenant, elle l'écouta d'un air absorbé, tout attendrie, mais riant en elle-même.

Quand d'Arthez fut dans la rue, il se demanda s'il n'aurait pas dû être moins respectueux. Il repassa dans sa mémoire ces étranges confidences qui naturellement ont été fort abrégées ici, elles auraient voulu tout un livre pour être rendues dans leur abondance melliflue et avec les façons dont elles furent accompagnées. La perspicacité rétrospective de cet homme si naturel et si profond fut mise en défaut par le naturel de ce roman, par sa profondeur, par l'accent de la princesse.

— C'est vrai, se disait-il sans pouvoir dormir, il y a de ces drames-là dans le monde ; le monde couvre de semblables horreurs sous les fleurs de son élégance, sous la broderie de ses médisances, sous l'esprit de ses récits. Nous n'inventons jamais que le vrai. Pauvre Diane ! Michel avait pressenti cette énigme, il disait que sous cette couche de glace il y avait des volcans ! Et Bianchon, Rastignac ont raison : quand un homme peut confondre les grandeurs de l'idéal et les jouissances du désir, en aimant une femme à jolies manières, pleine d'esprit, de délicatesse, ce doit être un bonheur sans nom. Et il sondait en lui-même son amour, et il le trouvait infini.

Le lendemain, sur les deux heures, Mme d'Espard, qui depuis plus d'un mois ne voyait plus la princesse, et n'avait pas reçu d'elle un seul traître mot, vint amenée par une excessive curiosité. Rien de plus plaisant que la conversation de ces deux fines couleuvres pendant la première demi-heure. Diane d'Uxelles se gardait, comme de porter une robe jaune, de parler de d'Arthez. La marquise tournait autour de cette question comme un Bédouin autour d'une riche caravane. Diane s'amusait, la marquise enrageait. Diane attendait, elle voulait utiliser son amie, et s'en faire un chien de chasse. De ces deux femmes si célèbres dans le monde actuel, l'une était plus forte que l'autre. La princesse dominait de toute la tête la marquise, et la marquise reconnaissait intérieurement cette supériorité. Là, peut-être, était le secret de cette amitié. La plus faible se tenait tapie dans son faux attachement pour épier l'heure, si longtemps attendue par tous les faibles, de sauter à la gorge des forts, et leur imprimer la marque d'une joyeuse morsure. Diane y voyait clair. Le monde entier était la dupe des câlineries de ces deux amies. A l'instant où la princesse aperçut une interrogation sur les lèvres de son amie, elle lui dit : — Eh bien ! ma chère, je vous dois un bonheur complet, immense, infini, céleste.

— Que voulez-vous dire ?

— Vous souvenez-vous de ce que nous ruminions, il y a trois mois, dans ce petit jardin, sur le banc, au soleil, sous le jasmin ? Ah ! il n'y a que les gens de génie qui sachent aimer. J'appliquerais volontiers à mon grand Daniel d'Arthez le mot du duc d'Albe à Catherine de Médicis : la tête d'un seul saumon vaut celle de toutes les grenouilles.

— Je ne m'étonne point de ne plus vous voir, dit Mme d'Espard.

— Promettez-moi, si vous le voyez, de ne pas lui dire un mot de moi, mon ange, dit la princesse en prenant la main de la marquise. Je suis heureuse, oh ! mais heureuse au delà de toute expression, et vous savez combien dans le monde un mot, une plaisanterie vont loin. Une parole tue, tant on sait mettre de venin dans une parole ! Si vous saviez combien, depuis huit jours, j'ai désiré pour vous une semblable passion ! Enfin, il est doux, c'est un beau triomphe pour nous autres femmes que d'achever notre vie de femme, de s'endormir dans un amour ardent, pur, dévoué, complet, entier, surtout quand on l'a cherché pendant si longtemps.

— Pourquoi me demandez-vous d'être fidèle à ma meilleure amie ? dit Mme d'Espard. Vous me croyez donc capable de vous jouer un vilain tour ?

— Quand une femme possède un tel trésor, la crainte de le perdre est un sentiment si naturel qu'elle inspire les idées de la peur. Je suis absurde, pardonnez-moi, ma chère.

Quelques moments après, la marquise sortit ; et, en la voyant partir, la princesse se dit : Comme elle va m'arranger ! puisse-t-elle tout dire sur moi ; mais pour lui épargner la peine d'arracher Daniel d'ici, je vais le lui envoyer.

A trois heures, quelques instants après, d'Arthez vint. Au milieu d'un discours intéressant, la princesse lui coupa net la parole, et lui posa sa belle main sur le bras.

— Pardon, mon ami, lui dit-elle en l'interrompant, mais j'oublierais cette chose qui semble une niaiserie, et qui cependant est de la dernière importance. Vous n'avez pas mis le pied chez Mme d'Espard depuis le jour mille fois heureux où je vous ai rencontré ; allez-y, non pas pour vous ni par politesse, mais pour moi. Peut-être m'en avez-vous fait une ennemie, si elle a par hasard appris que depuis son dîner vous n'êtes pour ainsi dire pas sorti de chez moi. D'ailleurs, mon ami, je n'aimerais pas à vous voir abandonnant vos relations et le monde, ni vos occupations et vos ouvrages. Je serais encore étrangement calomniée. Que ne dirait-on pas ? Je vous tiens en laisse, je vous absorbe, je crains les comparaisons, je veux encore faire parler de moi, je m'y prends bien pour conserver ma conquête, en sachant que c'est la dernière. Qui pourrait deviner que vous êtes mon unique ami ? Si vous m'aimez autant que vous dites m'aimer, vous ferez croire au monde que nous sommes purement et simplement frère et sœur. Continuez.

D'Arthez fut pour toujours discipliné par l'ineffable douceur avec laquelle cette gracieuse femme arrangeait sa robe pour tomber en toute élégance. Il y avait je ne sais quoi de fin, de délicat dans ce discours qui le toucha aux larmes. La princesse sortait de toutes les conditions ignobles et bourgeoises des femmes qui se disputent et se chicanent pièce à pièce sur des divans, elle déployait une grandeur inouïe ; elle n'avait pas besoin de le dire, cette union était entendue entre eux noblement. Ce n'était ni hier, ni demain, ni aujourd'hui ; ce serait quand ils le voudraient l'un et l'autre, sans les interminables bandelettes de ce que les femmes vulgaires nomment *un sacrifice ;* sans doute elles savent tout ce qu'elles doivent y perdre, tandis que cette fête est un triomphe pour les femmes sûres d'y gagner. Dans cette phrase, tout était vague comme une promesse, doux comme une espérance et néanmoins certain comme un droit. Avouons-le? Ces sortes de grandeurs n'appartiennent qu'à ces illustres et sublimes trompeuses, elles restent royales encore là où les autres femmes deviennent sujettes. D'Arthez put alors mesurer la distance qui existe entre ces femmes et les autres. La princesse se montrait toujours digne et belle. Le secret de cette noblesse est peut-être dans l'art avec lequel les grandes dames savent se dépouiller de leurs voiles; elles arrivent à être, dans cette situation, comme des statues antiques; si elles gardaient un chiffon, elles seraient impudiques. La bourgeoise essaie toujours de s'envelopper.

Enharnaché de tendresse, maintenu par les plus splendides vertus, d'Arthez obéit et alla chez Mme d'Espard, qui déploya pour lui ses plus charmantes coquetteries. La marquise se garda bien de dire à d'Arthez un mot de la princesse, elle le pria seulement à dîner pour un prochain jour.

D'Arthez vit ce jour-là nombreuse compagnie.

La marquise avait invité Rastignac, Blondet, le marquis d'Aduda Pinto, Maxime de Trailles, le marquis d'Esgrignon, les deux Vandenesse, du Tillet, un des plus riches banquiers de Paris ; le baron de Nucingen, Nathan, lady Dudley, deux des plus perfides attachés d'ambassade, et le chevalier d'Espard, l'un des plus profonds personnages de ce salon, la moitié de la politique de sa belle-sœur.

Ce fut en riant que Maxime de Trailles dit à d'Arthez : — Vous voyez beaucoup la princesse de Cadignan ?

D'Arthez fit en réponse à cette question une sèche inclination de tête. Maxime de Trailles était un *bravo* d'un ordre supérieur, sans foi ni loi, capable de tout, ruinant les femmes qui s'attachaient à lui, leur faisant mettre leurs diamants en gage, mais couvrant cette conduite d'un vernis brillant, de manières charmantes et d'un esprit satanique. Il inspirait à tout le monde une crainte et un mépris égal ; mais comme personne n'était assez hardi pour lui témoigner autre chose que les sentiments les plus courtois, il ne pouvait s'apercevoir de rien, ou il se prêtait à la dissimulation générale. Il devait au comte de Marsay le dernier degré d'élévation auquel il pouvait arriver. De Marsay, qui connaissait Maxime de longue main, l'avait jugé capable de remplir certaines fonctions secrètes et diplomatiques qu'il lui donnait, et desquelles il s'acquittait à merveille. D'Arthez était depuis un an assez mêlé aux affaires politiques pour connaître à fond le personnage, et lui seul peut-être avait un caractère assez élevé pour exprimer tout haut ce que le monde pensait tout bas.

— *C'esde sans titte bire elle que fus nécliches la Champre,* dit le baron de Nucingen.

— Ah ! la princesse est une des femmes les plus dangereuses chez lesquelles un homme puisse mettre le pied, s'écria doucement le marquis d'Esgrignon, je lui dois l'infamie de mon mariage.

— Dangereuse ? dit Mme d'Espard. Ne parlez pas ainsi de ma meilleure amie. Je n'ai jamais rien su ni vu de la princesse qui ne me paraisse tenir des sentiments les plus élevés.

— Laissez donc dire le marquis, s'écria Rastignac. Quand un homme a été désarçonné par un joli cheval, il lui trouve des vices et il le vend.

Piqué par ce mot, le marquis d'Esgrignon regarda Daniel d'Arthez, et lui dit : — Monsieur n'en est pas, j'espère, avec la princesse, à un point qui nous empêche de parler d'elle.

D'Arthez garda le silence. D'Esgrignon, qui ne manquait pas d'esprit, fit en réponse à Rastignac un portait apologétique de la princesse qui mit la table en belle humeur. Comme cette raillerie était excessivement obscure pour d'Arthez, il se pencha vers Mme de Montcornet, sa voisine, et lui demanda le sens de ces plaisanteries.

— Mais, excepté vous, à en juger par la bonne opinion que vous avez de la princesse, tous les convives ont été, dit-on, dans ses bonnes grâces.

— Je puis vous assurer qu'il n'y a rien que de faux dans cette opinion, répondit Daniel.

— Cependant voici M. d'Esgrignon, un gentilhomme du Perche, qui s'est complètement ruiné pour elle, il y a douze ans, et qui, pour elle, a failli monter sur l'échafaud.

— Je sais l'affaire, dit d'Arthez. Mme de Cadignan est allée sauver M. d'Esgrignon de la Cour d'assises, et voilà comment il l'en récompense aujourd'hui.

Mme de Montcornet regarda d'Arthez avec un étonnement et une curiosité presque stupides, puis elle reporta ses yeux sur Mme d'Espard en le lui montrant comme pour dire : Il est ensorcelé !

Pendant cette courte conversation, Mme de Cadignan était protégée par Mme d'Espard, dont la protection ressemblait à celle des paratonnerres qui attirent la foudre. Quand d'Arthez revint à la conversation générale, il entendit Maxime de Trailles lançant ce mot : — Chez Diane la dépravation n'est pas un effet, mais une cause ; peut-être doit-elle à cette cause son naturel exquis : elle ne cherche pas, elle n'invente rien ; elle vous offre les recherches les plus raffinées comme une inspiration de l'amour le plus naïf, et il vous est impossible de ne pas la croire.

Cette phrase, qui semblait avoir été préparée pour un homme de la portée de d'Arthez, était si forte que ce fut comme une conclusion. Chacun laissa la princesse, elle parut assommée. D'Arthez regarda de Trailles et d'Esgrignon d'un air railleur.

— Le plus grand tort de cette femme est d'aller sur les brisées des hommes, dit-il. Elle dissipe comme eux des biens paraphernaux, elle envoie ses amants chez les usuriers, elle dévore des dots, elle ruine des orphelins, elle fond de vieux châteaux, elle inspire et commet peut-être aussi des crimes, mais...

Jamais aucun des deux personnages auxquels répondait d'Arthez n'avait entendu rien de si fort. Sur ce *mais*, la table entière fut frappée, chacun resta la fourchette en l'air, les yeux fixés alternativement sur le courageux écrivain et sur les assassins de la princesse, en attendant la conclusion dans un horrible silence.

— Mais, dit d'Arthez avec une moqueuse légèreté, Mme la princesse de Cadignan a sur les hommes un avantage : quand on s'est mis en danger pour elle, elle vous sauve. et ne dit de mal de personne. Pourquoi, dans le nombre, ne se trouverait-il pas une femme qui s'amusât des hommes, comme les hommes s'amusent des femmes? Pourquoi le beau sexe ne prendrait-il pas de temps en temps une revanche?...

— Le génie est plus fort que l'esprit, dit Blondet à Nathan.

Cette avalanche d'épigrammes fut en effet comme le feu d'une batterie de canons opposée à une fusillade. On s'empressa de changer de conversation. Ni le comte de Trailles, ni le marquis d'Esgrignon ne parurent disposés à quereller d'Arthez. Quand on servit le café, Blondet et Nathan vinrent trouver l'écrivain avec un empressement que personne n'osait imiter, tant il était difficile de concilier l'admiration inspirée par sa conduite, et la peur de se faire deux puissants ennemis.

— Ce n'est pas d'aujourd'hui que nous savons combien votre caractère égale en grandeur votre talent, lui dit Blondet. Vous vous êtes conduit là, non plus comme un homme, mais comme un dieu : ne s'être laissé emporter ni par son cœur, ni par son imagination; ne pas avoir pris la défense d'une femme aimée, faute qu'on attendait de vous, et qui eût fait triompher ce monde dévoré de jalousie contre les illustrations littéraires... Ah! permettez-moi de le dire, c'est le sublime de la politique privée.

— Ah! vous êtes un homme d'Etat, dit Nathan. Il est aussi habile que difficile de venger une femme sans la défendre.

— La princesse est une des héroïnes du parti légitimiste, n'est-ce pas un devoir pour tout homme de cœur de la protéger *quand même?* répondit froidement d'Arthez. Ce qu'elle a fait pour la cause de ses maîtres excuserait la plus folle vie.

— Il joue serré, dit Nathan à Blondet.

— Absolument comme si la princesse en valait la peine, répondit Rastignac qui s'était joint à eux.

D'Arthez alla chez la princesse, qui l'attendait en proie aux plus vives anxiétés. Le résultat de cette expérience que Diane avait favorisée pouvait lui être fatal. Pour la première fois de sa vie, cette femme souffrait dans son cœur et suait dans sa robe. Elle ne savait quel parti prendre au cas où d'Arthez croirait le monde qui dirait vrai, au lieu de la croire, elle qui mentait : car, jamais un caractère si beau, un homme si complet, une âme si pure, une conscience si ingénue ne s'étaient offerts à sa vue, à sa portée. Si elle avait ourdi de si cruels mensonges, elle y avait été poussée par le désir de connaître le véritable amour. Cet amour, elle le sentait poindre dans son cœur, elle aimait d'Arthez; elle était condamnée à le tromper, car elle voulait rester pour lui l'actrice sublime qui avait joué la comédie à ses yeux. Quand elle entendit le pas de Daniel dans la salle à manger, elle éprouva une commotion, un tressaillement qui l'agita jusque dans les principes de sa vie. Ce mouvement, qu'elle n'avait jamais eu pendant l'existence la plus aventureuse pour une femme de son rang, lui apprit alors qu'elle avait joué son bonheur. Ses yeux, qui regardaient dans l'espace, embrassèrent d'Arthez tout entier ; elle vit à travers sa chair, elle lut dans son âme : le soupçon ne l'avait même pas effleuré de son aile de chauve-souris. Le terrible mouvement de cette peur eut alors sa réaction, la joie faillit étouffer l'heureuse Diane ; car il n'est pas de créature qui n'ait plus de force pour supporter le chagrin que pour résister à l'extrême félicité.

— Daniel, on m'a calomniée et tu m'as vengée ! s'écria-t-elle en se levant et en lui ouvrant les bras.

Dans le profond étonnement que lui causa ce mot dont les racines étaient invisibles pour lui, Daniel se laissa prendre la tête par deux belles mains, et la princesse le baisa saintement au front.

— Comment avez-vous su...

— O niais illustre ! ne vois-tu pas que je t'aime follement ?

Depuis ce jour, il n'a plus été question de la princesse de Cadignan, ni de d'Arthez. La princesse a hérité de sa mère quelque fortune, elle passe tous les étés à Genève dans une villa avec le grand écrivain, et revient pour quelques mois d'hiver à Paris. D'Arthez ne se montre qu'à la Chambre, et ses publications sont devenues excessivement rares. Est-ce un dénouement? Oui, pour les gens d'esprit; non, pour ceux qui veulent tout savoir.

FIN

[illegible] DE L[illegible] (S.-&-M.

AVIS DE L'ÉDITEUR

Le but de la collection des *Auteurs célèbres*, à 60 *centimes* le volume, est de mettre entre toutes les mains de bonnes éditions des meilleurs écrivains modernes et contemporains.

Sous un format commode et pouvant en même temps tenir une belle place dans toute bibliothèque, il paraît chaque quinzaine un volume.

CHAQUE OUVRAGE EST COMPLET EN UN VOLUME

POUR LES N° 1 A 422, DEMANDER LE CATALOGUE SPÉCIAL

423. TOLSTOÏ (L.), **Sébastopol en Mai et Août 1855.**
424. H. DE BALZAC, **Histoire des Treize.**
425. A. BARBUSSE, **L'Ange du Foyer.**
426. H. DE BALZAC, **Ursule Mirouët.**
427. PAUL PERRET, **Petite Grisel.**
428. H. DE BALZAC, **Une ténébreuse Affaire.**
429. ARMAND SILVESTRE, **Le célèbre Cadet-Bitard.**
430. H. DE BALZAC, **Un Début dans la vie.**
431. RENÉE ALLARD, **Le Roman d'une Provinciale.**
432. H. DE BALZAC, **Les Rivalités.**
433. ARSÈNE HOUSSAYE, **Mlle de La Vallière et Mme de Montespan.**
434. H. DE BALZAC, **La Maison du Chat-qui-pelote.**
435. THÉO-CRITT, **Le Bataillon des Hommes à poil.**
436. H DE BALZAC, **Une Double Famille.**
437. L. LEMERCIER DE NEUVILLE, **Les Pupazzi inédits.**
438. H. DE BALZAC, **La Vendetta.**
439. **Lettres galantes d'une femme de qualité.**
440. H. DE BALZAC, **Gobseck.**
441. PIERRE PERRAULT, **L'Amour d'Hervé.**
442. H. DE BALZAC, **Le Colonel Chabert.**
443. FERNAND-LAFARGUE, **La Fausse Piste.**
444. H. DE BALZAC, **Une Fille d'Ève.**
445. LOUIS JACOLLIOT, **Fakirs et Bayadères.**
446. H. DE BALZAC, **La Maison Nucingen.**

En jolie reliure spéciale à la collection, 1 fr. le vol

ENVOI FRANCO CONTRE MANDAT OU TIMBRES

Imprimerie LAHURE, rue de Fleurus, 9, à Paris.

Imprimé en France
FROC02n1926110918
19501FR00011B/138/P

9 782012 858794